UNE AUTRE
ÉTERNITÉ...

DAN DASTIER

UNE AUTRE ÉTERNITÉ...

COLLECTION « ANTICIPATION »

ÉDITIONS FLEUVE NOIR
6, rue Garancière - PARIS VIᵉ

PREMIÈRE PARTIE

CHAPITRE PREMIER

La première explosion qui secoua les entrailles du *Véga II*, en plongée supra-spatiale, produisit un bruit curieux qui se répercuta interminablement le long des structures modulaires, couvrant pendant un temps la vibration ténue des générateurs. Instantanément, Chris Landsen bondit sur ses jambes, quittant la couchette de relaxation sur laquelle il se reposait après ses quatre heures terrestres de quart au poste central de la nef. Il atteignait le panneau coulissant de sa cabine quand la voix synthétique de l'ordinateur annonça :

— *Secteur 3 en cours d'isolement... Photomoteurs cinq et sept stoppés. Incident origine indéterminée. Traces radiations Mu en progression vers secteur 2. Alerte sécurité jaune... Alerte sécurité jaune...*

Chris Landsen franchit en courant le panneau mobile qui venait de s'effacer devant lui, et faillit bousculer l'homme en combinaison rouge qui venait en sens inverse, le visage crispé. Dans la luminescence verdâtre provoquée par l'état de plongée supra-spatiale, Chris reconnut aussitôt Bari Trenton. Logiquement, le commandant du *Véga II* aurait dû se trouver au poste central à ce stade de la translation hors du continuum conventionnel. Mais Bari Trenton en prenait généralement à son aise avec les règlements...

— On dirait que ça a pété du côté des moteurs auxiliaires ! haleta le maître du *Véga II*. Il faut programmer immédiatement l'émergence !

Une seconde explosion secoua la nef, engendrant aussitôt la même sonorité curieuse qui s'accompagna cette fois d'une intense vibration lumineuse qui semblait prendre naissance au cœur même de la luminescence verdâtre baignant la coursive. La main gauche plaquée sur ses yeux, Chris sentit tous les poils de son corps se hérisser, et il se mit à respirer par saccades, avec l'impression pénible que l'air ambiant était en train de se désintégrer autour de lui.

— *Secteur 2*, annonça paisiblement l'ordinateur central. *Les joints d'étanchéité des panneaux d'isolement ont lâché. Les radiations progressent vers les postes de service et les locaux passagers. Evacuation immédiate de toutes les zones placées en alerte rouge...*

Bari Trenton titubait sur place, le souffle court.

— Il faut foutre le camp d'ici, grogna-t-il d'une voix pâteuse. Nous sommes trop près de la zone rouge...

Chris Landsen écarta prudemment la main dont il se servait pour protéger ses yeux. La luminescence verte redevenait normale, et il entendait de nouveau la vibration habituelle des générateurs. Il se remit péniblement en marche, suivant Trenton qui progressait difficilement en direction d'un des puits anti-G.

— Presse-toi un peu, bon Dieu ! s'énerva le commandant du *Véga II* en pénétrant dans le champ élévateur.

Respirant toujours aussi difficilement, Chris Landsen se jeta dans les faisceaux mauves du champ de forces, et se sentit aspiré vers le haut.

Quand ils émergèrent l'un après l'autre sur la plate-forme d'accès au poste central, Chris Landsen nota aussitôt la multitude de voyants lumineux qui fluctuaient sur les panneaux de contrôle des pupitres, sous l'œil ahuri des deux officiers de quart qui semblaient paralysés par la stupeur.

— Remuez-vous, nom de Dieu ! hurla Trenton, en se ruant vers l'Intercom dont il bascula l'un après l'autre tous les contacts. Programmez immédiatement l'émergence !

Tandis que les hommes se décidaient à secouer l'étrange apathie qui semblait les priver de tous leurs moyens, il se mit à distribuer des ordres d'une voix tendue. Chris Landsen regardait attentivement les chiffres qui défilaient sur un des écrans de contrôle.

— Ça ne va pas, dit-il sourdement, comme s'il se parlait à lui-même. Je me demande d'où viennent ces foutues radiations !

Trenton se retourna, le visage mauvais.

— Ne t'occupe pas de ça, Chris, gronda-t-il.

Assure-toi que les compartiments étanches sont bouclés partout.

Chris Landsen lança à son chef un regard chargé de soupçons, mais se détourna aussitôt pour aller exécuter l'ordre reçu. Cinq minutes plus tard, il revenait vers la console de commandement. Trenton s'était laissé tomber dans son fauteuil, et surveillait les écrans restituant des images de tous les points vitaux de la nef.

— Les compartiments sont tous isolés, annonça Chris. Il n'y a plus personne dans les zones touchées par les radiations. Bari... Qu'est-ce que c'est que cette histoire de radiations Mu ?...

— Ne m'emmerde pas avec ça, renvoya sèchement celui que ses hommes appelaient « le Commodore ». Ce n'est pas ton affaire !

— C'est la mienne, et celle de tous ceux qui se trouvent actuellement à bord de la nef, répliqua Chris. Il a fallu que tu embarques cette saloperie de minerai sur Liguria, hein ?

Trenton fit pivoter son fauteuil pour faire face à Landsen. Son visage un peu mou était crispé par la colère, et ses yeux trop pâles distillaient du venin.

— Je t'ai déjà dit un certain nombre de fois que tu avais tout intérêt à t'occuper de tes affaires, Chris, fit-il d'une voix menaçante. On m'a plus ou moins imposé ta présence, et j'ai fermé ma gueule. Mais si tu la ramènes un peu trop, je te débarque sur le premier planétoïde qui se présentera. On a effectivement embarqué du minerai de sélénium radioactif sur Liguria.

Les soutes en sont même pleines, si tu veux le savoir. Et si tu veux encore plus de renseignements, je peux même te préciser qu'il s'agit d'un transport totalement officieux. Exactement comme est officieux le fait que nous transportons également deux passagers qui sont loin d'être en règle avec les autorités de l'EMGAL. Tu es satisfait ? Quand tu as voulu embarquer à bord du *Véga II,* tu savais exactement à quoi t'en tenir, non ?

— Je savais que tu trafiquais dans pas mal de domaines plus ou moins légaux, ricana Chris Landsen, mais je ne te savais pas assez fou pour transporter du sélénium radioactif à bord de cette poubelle qu'est le *Véga II !* Tu peux me dire où sont les équipements de sécurité prévus en pareil cas ?

— Va te faire foutre ! explosa Trenton. Et si tu ne veux plus de ta part de fric quand on aura débarqué le minerai en douceur sur Mars, on la partagera sans insister.

— J'ai l'impression qu'on n'est pas près d'arriver sur Mars, émit doucement Chris Landsen en jetant un coup d'œil à un nouvel écran qui venait de s'illuminer. L'ordinateur central refuse la programmation d'émergence...

Trenton bondit, et s'empara de la bande plastique qui sortait en continu d'un pupitre constellé de voyants lumineux rectangulaires, qui fluctuaient sans cesse. Il la consulta sans rien dire, mais l'expression qui envahissait son visage en disait long sur ce qu'il ressentait à cette minute précise. Maintenant, Bari Trenton avait peur...

Chris Landsen, lui, se sentait curieusement calme.

— Aucune chance de nous en tirer si nous réintégrons le continuum conventionnel maintenant, dit-il paisiblement. Nous devons nous trouver hors des zones d'émergence possibles.

Il désigna un des répétiteurs de translation et ajouta :

— Nous évoluons actuellement dans une zone totalement inconnue du supra-espace. Les spécialistes appellent ça un secteur d'ombre... Si le coeur t'en dit, on peut passer outre, ne pas tenir compte du refus de programmation et tenter d'émerger en contrôle manuel... Mais j'ai vu un jour des gars qui ont tenté l'expérience... On a retrouvé leur astronef quelque part du côté d'Alpha. Les appareils d'enregistrements faisaient état d'un dérapage inexplicable de la translation. Ils auraient dû se retrouver à plus de dix parsecs de l'endroit où on les a repêchés. Et sais-tu ce qu'on a retrouvé à bord de la nef ? Des cadavres... Des cadavres vieux de dix ans, alors qu'ils n'avaient quitté la Terre que deux mois plus tôt ! Distorsion spatio-temporelle...

— J'ai entendu parler de cette histoire, émit Trenton, subitement radouci, mais toujours très pâle. Mais nous ne pouvons pas continuer comme ça. Il faut absolument vérifier l'étanchéité des soutes. Si les radiations continuent à progresser, nous allons tous y passer ! Il faut...

Un klaxon insistant se mit à résonner dans le

poste central, coupant la parole au « Commodore ». Chris Landsen bondit vers un des pupitres et bascula un interrupteur. Le klaxon stoppa
net, remplacé aussitôt par une voix affolée.

— *Deux hommes atteints par les radiations au*
contrôle moteurs principaux !

— Où sont-ils ? demanda nerveusement
Trenton en rejoignant Chris Landsen.

— *A l'infirmerie. Le toubib s'occupe d'eux.*
Mais il dit qu'il faut absolument gagner en
urgence une zone habitée. Ils ont besoin de soins
immédiats dans un centre de traitement !

Bari Trenton jeta un regard rapide à Chris
Landsen.

— Manquait plus que ça, grogna-t-il.

— Nous n'avons plus le choix, murmura
Chris Landsen. Il faut poursuivre la translation.
Mais nous devons changer la programmation. Ils
seront morts avant que nous atteignions Mars. Il
faut essayer d'atteindre une des planètes périphériques de l'EMGAL...

— Et nous faire cravater à l'arrivée par les
Forces Spatiales ? Pas question ! trancha Trenton. S'ils mettent le nez dans nos petites affaires,
on va tous au trou, direct, pour vingt ans !

— Il va pourtant falloir trouver une solution,
Commandant, lança une voix derrière eux... Ma
femme a été touchée par les radiations... Et... et
je crois que je suis atteint également.

Chris Landsen et Bari Trenton pivotèrent
avec un ensemble parfait sur les talons de leurs
bottes d'alcron, et fixèrent l'homme qui venait
de pénétrer dans le poste central. Un type mince

et pâle qui s'appuyait contre une console métallique, une main curieusement crispée sur son estomac.

— Qu'est-ce que vous foutez là ! aboya Trenton.

Chris Landsen avait aussitôt reconnu dans l'arrivant l'homme qui avait embarqué une semaine plus tôt à bord du *Véga II*, en compagnie d'une jeune femme très brune. Ils s'appelaient Carl et Sofia Baum, et ils désiraient gagner Mars avec un maximum de discrétion.

— Rassurez-vous, je ne suis pas contagieux, émit Carl Baum en quittant péniblement l'appui de la console. Je connais bien ce genre de radiations. Vous ne risquez rien. Mais ma femme va mourir si elle n'est pas soignée rapidement...

— Où est-elle ? demanda Chris Landsen.

— A l'infirmerie. Je viens de la conduire moi-même. Votre médecin l'a aussitôt isolée. Je ne lui ai pas dit que j'étais atteint moi aussi. Il fallait d'abord que je vous parle...

Il se laissa tomber dans le propre fauteuil de Trenton. Une sueur malsaine inondait son front, juste sous la frange des cheveux extraordinairement blancs. On aurait dit un vieillard. Pourtant, Chris Landsen savait qu'il n'avait guère plus de trente-cinq ans.

— Il faut faire vite, Commandant, haleta Baum. Je ne resterai pas lucide bien longtemps... Je... je sais que vous n'avez pas l'intention de gagner une des planètes périphériques. D'ailleurs, je ne tiens pas non plus à ce que les autorités me posent des questions sur les raisons qui m'ont poussé à faire appel à vous pour atteindre Mars. Je sais aussi que vous n'avez plus aucune chance d'atteindre Mars maintenant. Nous serons tous morts avant. Votre nef n'est pas équipée pour le genre de transport que vous effectuez en ce moment, et vous le savez aussi bien que moi. Les radiations finiront par s'infiltrer partout, si vous ne réussissez pas à réparer les joints qui ont lâché. Et pour réparer, il faut impérativement que vous posiez votre nef sur une planète quelconque.

Trenton ouvrait la bouche pour formuler une objection, mais Carl Baum leva péniblement la main droite pour l'arrêter.

— Laissez-moi parler, Commandant. Le temps presse. Nous évoluons actuellement dans un « secteur d'ombre », si je ne me trompe ?

— Exact, émit Chris Landsen. Où voulez-vous en venir ?

— J'ai travaillé assez longtemps sur ces zones mal connues de supra-espace, reprit Carl Baum. Et mes travaux ont abouti à une certitude absolue : *il existe des mondes habités dans ce que nous appelons, improprement d'ailleurs, les secteurs d'ombre...*

Il se mit à respirer avec difficulté, puis se calma progressivement. Maintenant, la sueur coulait sur son visage. Chris Landsen savait ce qu'il devait endurer. Les radiations absorbées par son organisme avaient commencé leur terrible travail de destruction...

— J'ai pu gagner un de ces mondes, il y a déjà

un certain temps, après avoir découvert l'existence d'un couloir transférentiel, mais j'ai tenu secrète cette découverte prodigieuse. Pendant un certain temps, j'ai pu vivre normalement sur un monde hors continuum qui a nom : Krypta. Puis j'ai été projeté de nouveau à travers cette porte dimensionnelle ouverte alors sur notre propre univers. J'y ai gagné ces cheveux blancs, parce que mon organisme était mal préparé à ce transfert direct. Mais je sais maintenant qu'il existe un moyen plus sûr d'atteindre Krypta. Un moyen dont nous disposons actuellement, Commandant. Ce moyen, c'est le *Véga II*... Nous sommes dans l'impossibilité matérielle d'émerger actuellement du supra-espace, n'est-ce pas ?

— C'est vrai, admit Trenton en fronçant les sourcils. Vous êtes au courant de beaucoup de choses, Professeur...

Carl Baum fit un geste vague.

— Je sais déchiffrer les données fournies par ces écrans, dit-il.

Il sortit d'une des poches plaquées de sa combinaison spatiale une carte plastique de programmation, identique à celles qu'on injectait habituellement dans les circuits d'analyse des ordinateurs courants équipant les nefs cosmiques, et la tendit à Chris Landsen qui s'était approché de lui.

— Voici les coordonnées de translation qui nous permettront de nous rematérialiser directement sur Krypta, dit-il d'une voix de plus en plus faible. Ce monde est habité par des humanoïdes dont l'évolution n'a pas suivi, certes, la même

voie que la nôtre. Mais je les connais bien. Ils
sont en mesure de nous aider efficacement.

— Bon, en admettant que vous disiez vrai,
murmura Trenton, j'ai quand même du mal à
croire que ces humanoïdes soient équipés d'un
centre de traitement pour irradiés !

— C'est beaucoup mieux que cela, renvoya
Carl Baum. Sans eux, je serais sans doute mort
après mon premier transfert sur Krypta. J'ignore
quel est leur secret, mais ils disposent d'une
puissance fabuleuse qui leur permet de guérir
tous les maux, *quels qu'ils soient...* C'est pour
cela que j'ai gardé le secret de l'existence de
Krypta. J'étais persuadé que ceux de l'EMGAL
n'étaient pas prêts à la révélation de certaines
choses... Mais maintenant...

Un sanglot le secoua des pieds à la tête, et ses
yeux étaient pleins de larmes quand il les leva de
nouveau vers les deux hommes qui lui faisaient
face.

— Maintenant, Sofia va mourir, acheva-t-il.
Il faut la sauver !... Je vous supplie de me faire
confiance, Commandant. Nous pouvons atteindre Krypta autrement qu'en utilisant le couloir
transférentiel...

Il tendait toujours la carte de programmation
à Chris Landsen qui se décida à la prendre.

— Nous n'avons plus tellement le choix,
Bari..., murmura ce dernier. De toute façon,
l'ordinateur décidera lui-même si ces coordonnées sont acceptables. Nous n'avons pas le
temps de les vérifier.

Bari Trenton surveillait les chiffres qui défilaient sur un écran situé à sa droite.

— Nous n'avons plus le choix en effet, gronda-t-il. La nef ne tiendra pas longtemps dans ces conditions. Nous ne pouvons même plus espérer atteindre une des planètes périphériques.

Il fixa de nouveau Carl Baum, qui paraissait avoir de plus en plus de peine à se tenir droit dans son fauteuil.

— Combien de temps doit durer la translation? demanda-t-il d'une voix altérée.

— Pratiquement instantanée, lâcha le savant. Quel que soit le point où nous nous trouvons dans le secteur d'ombre... Ici, les notions de distance et de temps n'ont plus aucun sens. Il suffit de placer la nef sur le vecteur correct... Mais faites vite. Si nous sortons de ce secteur d'ombre, nous sommes perdus! Krypta est maintenant... notre seule... chance.

Il piqua du nez, et Chris Landsen n'eut que le temps de se précipiter pour l'empêcher de tomber de son fauteuil.

— Je vais le conduire à l'infirmerie, dit-il en soutenant le corps du malheureux savant, qui se faisait de plus en plus lourd entre ses bras. Il faut programmer cette translation, Bari... Et vite. Nous allons sortir du secteur d'ombre... Et les radiations ont encore progressé.

Bari Trenton hésitait encore. Puis il parut se décider et inséra brusquement la carte de programmation dans la fente horizontale d'un des pupitres.

Ce fut au moment où il quittait l'infirmerie, après avoir confié le savant aux soins du médecin de bord, que Chris Landsen réalisa que leur environnement habituel était en train de subir une subtile modification. L'ordinateur central devait avoir accepté les nouvelles coordonnées de translation, et le *Véga II* était en train de plonger vers l'inconnu...

CHAPITRE II

Quand Chris Landsen atteignit le poste central du *Véga II*, la luminosité verte qui baignait tout l'intérieur de la nef s'atténuait déjà, attestant de la fin d'une translation supra-spatiale qui n'avait certainement pas duré plus de quelques minutes terrestres, comme l'avait prévu Carl Baum.

Il n'eut que le temps de se laisser tomber dans un des fauteuils, situé à la droite de celui qu'occupait un Bari Trenton au visage crispé. Le « Commodore » ne cherchait même pas à dissimuler l'anxiété terrible qui l'assaillait.

Les appareils de contrôle du poste de navigation s'auréolèrent soudain d'une luminescence scintillante, et Chris Landsen sentit un bref vertige l'envahir, alors qu'il bouclait d'un geste machinal son harnais magnétique, tout en fixant devant lui les écrans vidéo encore aveugles des visualisateurs. Il avait l'impression que le malaise qui accompagnait toujours les changements de continuum avait été anormalement bref, comme s'ils n'avaient fait qu'effleurer ces

limites complexes qui matérialisaient le change-
ment de dimension.

— Nous n'avons pas émergé, dit-il tout haut,
sur le ton de la simple constatation.

Bari Trenton lui lança un regard torve, et
désigna un des écrans de vision extérieure où
commençait à se dessiner une image encore
floue.

— Pas émergé ? Et ça, alors ? C'est quoi ?

Chris secoua obstinément la tête.

— Bon. Si tu préfères, je pense que nous
n'avons effectivement pas émergé dans une
dimension... normale. Tu n'as qu'à consulter les
analyseurs statiques !

Le regard hésitant de Bari Trenton changea
de direction. Presque aussitôt, il laissa échapper
un juron sourd. Les analyseurs restaient obstinément muets. Théoriquement, il n'y avait rien
dans l'environnement immédiat de la nef. Ils ne
pouvaient même pas savoir s'ils évoluaient dans
un espace quelconque où s'ils étaient immobiles.
Les propulseurs étaient stoppés depuis plusieurs
minutes. Pourtant, un paysage se dessinait sur le
grand écran qui leur faisait face. Il se précisait de
seconde en seconde, alors qu'achevait de se
dissiper la lueur scintillante auréolant les appareils sous tension. De la verdure... Des arbres
aux troncs élancés, ressemblant vaguement à des
palmiers. Une herbe drue, un peu jaunâtre.

Apparemment, le *Véga II* s'était posé. Les
longues jambes grêles du train télescopique
reposaient sur ce sol inconnu.

— Une rematérialisation directe, souffla un des officiers de quart. C'est fantastique !

Chris Landsen haussa les épaules et fit sauter le verrouillage de son harnais magnétique.

— J'ai l'impression que nous ne sommes pas au bout de nos surprises. Voilà un monde qui n'existe pas, si on se fie aux appareils de détection. Et pourtant, nous pouvons le voir ! Aucun des dispositifs de sécurité n'est en position d'alarme. Si ce paysage était un mirage, nous le saurions déjà...

Il fit un geste, et l'image fixe se mit à défiler doucement sur l'écran principal. Les caméras extérieures effectuaient un tour complet.

Bari Trenton regardait, sceptique. Il y avait une vaste surface liquide, devant eux. Un lac, ou peut-être un océan. La surface uniforme scintillait faiblement sous les rayons d'un soleil rassurant, haut dans un ciel limpide. La rotation des caméras stoppa d'elle-même après un tour complet. Ils retrouvèrent l'image des palmiers dont les larges feuilles dentelées remuaient doucement dans une brise légère.

— En tout cas, c'est très beau, constata Chris.

Bari Trenton ne paraissait pas sensible à ce genre de beauté. En fait, il n'était guère sensible à autre chose qu'à l'argent, qui lui apportait la puissance. Un rêve qu'il poursuivait depuis trop longtemps pour s'arrêter à de simples détails. Il bougonna quelque chose que Chris ne comprit pas, et enclencha nerveusement les commandes

de l'Intercom. Un visage apparut instantanément sur l'écran du vidéophone :

— Kreg ? aboya Trenton. Où est le toubib ?

— Il s'occupe des contaminés, murmura
l'homme. Il ne veut pas être dérangé.

— M'en fous ! gronda Trenton. Qu'il vienne.
Je veux lui parler.

Le visage disparut, presque aussitôt remplacé
par celui d'un homme aux cheveux très blonds,
mais dont le visage grêlé avait quelque chose de
malsain. Torn Rigglets n'avait plus le droit
d'exercer sa profession depuis des années. Alors
il n'avait eu d'autre choix que de proposer ses
services à un forban comme Bari Trenton,
lequel se moquait éperdument que l'ancien
médecin se soit livré autrefois à des expériences
interdites sur des sujets humains.

— Comment est le professeur Baum ?
demanda le « Commodore ».

Le médecin fit la grimace.

— Fatigué. Mais il a retrouvé une certaine
lucidité depuis que nous sommes rematérialisés.
Je crois qu'il est moins atteint que les autres. Où
sommes-nous exactement ?

— Krypta, éluda Trenton. Baum est capable
de tenir debout ?

— Sans doute, mais...

— Alors, envoie-le ici. Sur ses jambes ou sur
une civière, je m'en fous. Mais j'ai des questions
à lui poser.

— Ça ne va certainement pas arranger son
cas ! Tu veux l'achever ou quoi ? Tu ne te rends

pas compte qu'il faut transporter les contaminés au plus vite dans un centre de traitement ?

— Fais ce que je te dis ! explosa Trenton en coupant brutalement la communication.

Il haussa rageusement les épaules.

— Un centre de traitement !

Il prit Chris à témoin.

— On ne sait même pas si ce monde existe vraiment, et il parle de centre de traitement ! Chris... Mets les gars au boulot immédiatement. L'important c'est de réparer les joints d'étanchéité des soutes. Qu'ils prennent les équipements spéciaux. Il y a trois scaphandres dans le sas numéro deux. Je veux un rapport détaillé dans dix minutes ! Que donnent les sondeurs atmosphériques ?

Un des officiers tendit une bande enregistreuse à son chef et précisa :

— Eux, par contre, ils parlent ! Atmosphère respirable, température agréable. On doit pouvoir sortir sans équipements...

— Chris, envoie également une équipe en reconnaissance. Sortie par le sas avant, après contrôle du taux de radiations.

— J'ai déjà vérifié, émit Landsen. Taux acceptable. Les radiations n'ont pas atteint ce secteur.

— Qu'ils prennent des armes, ajouta Trenton. On ne sait jamais. Ah ! Professeur...

Carl Baum pénétrait dans le poste central, soutenu par un homme de l'équipe médicale. Il était très pâle et respirait avec difficultés, mais il semblait avoir repris des forces.

— Désolé de devoir vous imposer ce genre d'épreuve, Professeur, susurra le « Commodore » avec un sourire qui démentait ses propres paroles. Mais j'aimerais quelques précisions, maintenant que nous sommes à pied d'œuvre. Je dois reconnaître que vos renseignements étaient exacts. Mais pouvez-vous m'expliquer pour quelle raison les analyseurs statiques semblent nier l'existence de ce monde qui me paraît pourtant bien réel ?

Carl Baum s'installa péniblement dans un des fauteuils. L'homme qui l'aidait fit pivoter le siège pour qu'il se retrouve face au maître du *Véga II*, dont les yeux inquisiteurs ne quittaient pas le visage fatigué du savant.

— Aucun des appareils dont vous disposez à bord de ce vaisseau, à de rares exceptions près, ne peuvent être adaptés à l'univers qui nous environne, dit-il d'une voix haletante. Mais vous pouvez me faire confiance. Ce monde existe. Nous pouvons y évoluer normalement. En fait, nous sommes toujours au cœur du supra-espace, et très loin de notre dimension habituelle. C'est ainsi...

— Bien. Parlons maintenant de ce fameux secret dont seraient détenteurs les habitants de cette planète...

— Je n'ai pas dit qu'il s'agissait d'une planète, murmura Carl Baum. En réalité, je suis dans l'incapacité de définir ce monde selon les critères habituels. J'ignore tout de ses limites, et je ne me base que sur l'apparence des choses que nous pouvons contempler. Il se peut que ce monde soit totalement différent de ce que nous voyons actuellement. Oui... il se peut que nous l'adaptions seulement à nos propres perceptions. Cela expliquerait en tout cas le silence de certains appareils de mesure...

— Vous n'avez pas répondu à ma question, Professeur, rappela doucement Trenton.

— Le secret ?... Ah, oui, bien sûr... Je ne sais pas... Les Kryptiens semblent peu évolués techniquement, comme vous pourrez le constater. Pourtant, ils ignorent la souffrance et la maladie. Du moins, ils savent s'en protéger. Durant mon bref séjour sur Krypta, j'ai pourtant vu des malades, des blessés gravement atteints. Aucun médecin n'aurait pu les sauver. Ils ont été emmenés dans une région dont j'ignore tout, en dehors du fait qu'il y existe des montagnes. On les aperçoit parfois, quand le soleil décline... Elles apparaissent parfois pendant quelques minutes, mais cela ressemble à une sorte de mirage...

Il reprit son souffle et essuya d'un revers de manche la sueur qui ruisselait sur son visage.

— Je les ai vus revenir, le lendemain..., reprit-il. Ils ne portaient plus aucune trace des blessures ou des maux qu'ils enduraient encore la veille... Mieux : ils semblaient dans une forme physique étonnante... J'ai essayé de poser des questions...

— Ah oui ? ironisa Trenton. Car évidemment, les Kryptiens parlent couramment le galax, où au moins une des langues pratiquées dans toutes les planètes de l'EMGAL ! A qui voulez-vous faire croire une chose pareille, Professeur Baum ?

Carl Baum haussa faiblement ses maigres épaules. Il fixait la pointe de ses bottes d'alcron.

— Les Kryptiens peuvent s'exprimer dans la langue que vous désirez, monsieur Trenton, dit-il. Ils disposent sans doute de facultés télépathiques qui surprendraient pas mal de spécialistes. Ils sont capables d'assimiler en quelques secondes toutes les subtilités d'un langage, quel qu'il soit. Vous êtes libre de douter, mais quand ils seront là, vous pourrez constater comme je l'ai fait qu'ils disposent de facultés étonnantes.

— Bon, nous verrons..., éluda Trenton. Ont-ils répondu à vos questions, Professeur ?

Chris Landsen revenait vers eux, après avoir distribué des ordres par l'intermédiaire de l'Intercom. Baum le regarda comme s'il ne le voyait pas vraiment, et murmura en secouant la tête :

— Non. Il semble que ces lieux dont je vous parle soient frappés par un tabou. Ils n'y vont jamais sans être accompagnés par un des vieux sages responsables des villages qu'ils habitent. Quand on leur parle de ces vallées où ils conduisent parfois leurs malades, ils changent brusquement d'expression. Crainte ou profond respect, je ne saurais le dire.

Le regard de Trenton se fit soupçonneux.

— Vous m'avez laissé entendre qu'ils vous ont sauvé la vie, Professeur... dit-il doucement. Vous êtes donc allé vous-même vers ces vallées mystérieuses, non ?

Carl Baum paraissait avoir de plus en plus de

peine à exprimer ses propres pensées. Il émit un bref soupir, et s'efforça de fixer son vis-à-vis.

— J'y suis allé, en effet, dit-il. Mais j'étais trop mal en point pour me souvenir d'autre chose que de paysages d'une beauté à couper le souffle. J'étais dans une sorte d'état second... J'avais été terriblement éprouvé par le franchissement de ce couloir transférentiel que j'avais découvert depuis mon laboratoire... J'étais persuadé que j'allais mourir. C'était comme si chaque molécule de mon organisme se dissociait peu à peu des autres. Un mal contre lequel je ne pouvais rien faire... Je me souviens seulement d'une lumière très douce, d'une grotte immense dont les parois brillaient... Je... je crois qu'il y avait des gens autour de moi, mais je décelais seulement leur présence rassurante. Quand je suis revenu en direction du village où j'ai vécu quelque temps, il ne subsistait plus du terrible mal que ces cheveux blancs que j'ai conservés... Et les Kryptiens m'ont fait comprendre que j'étais de nouveau en mesure de franchir le couloir transférentiel, pour retourner dans un monde que je n'aurais jamais dû quitter.

— Comment s'est passé ce transfert ? interrogea Trenton.

— Le plus simplement du monde, soupira Baum. Les Kryptiens m'ont reconduit à l'endroit précis où j'avais émergé dans leur univers. J'aurais été incapable de retrouver seul cet endroit. Je me souvenais seulement qu'il y avait une sorte de falaise, très haute et très blanche. J'étais au pied de cette falaise quand j'ai émergé

la première fois. Rien ne la distingue d'une
falaise normale. Aucun rayonnement apparent... J'ai fait mes adieux à mes amis kryptiens.
Je sentais que je n'avais pas le choix. Ils ne
tenaient pas à ce que je reste. Ils m'ont laissé
entendre qu'ils détruiraient le couloir transférentiel après mon départ. Ils ne voulaient pas
qu'une communication de ce type subsiste entre
nos deux univers. J'ai marché vers la falaise. Je
ne l'ai jamais atteinte... Tout a basculé autour
de moi. J'ai repris conscience dans mon laboratoire. Sofia, qui était alors mon assistante, me
croyait disparu à tout jamais.

— Et vous n'avez jamais parlé de tout cela à
quiconque ? interrogea Trenton avec une
expression bizarre.

Chris l'observait. Il connaissait assez le
« Commodore » pour être certain qu'une idée
avait germé depuis un certain temps déjà sous ce
crâne chauve, tanné par vingt soleils... Et il
n'aimait pas spécialement cette expression qui
envahissait maintenant les traits de son chef...

— A personne, émit péniblement Carl Baum.
De toute façon, qui m'aurait cru ? J'ai très vite
constaté que le couloir transférentiel n'existait
plus, et que tous mes efforts pour le reconstituer
à partir de mon labo restaient vains. J'ai donc
cherché un autre moyen de retrouver la trace de
Krypta, en me basant sur un certain nombre
d'observations faites durant mon bref séjour
dans ce monde hors de l'espace et du temps. Ce
sont les résultats de ces recherches que je vous ai
communiqués, et qui vous ont permis d'attein-

dre Krypta... Maintenant, je voudrais me reposer... *Ils* ne tarderont pas à se manifester. Prévenez-moi à ce moment. Je suis certain qu'ils sauront me reconnaître...

*

Chris Landsen retrouva Trenton à l'extérieur de la nef, au niveau du sas avant. Il nota que des sentinelles armées avaient été disposées aux abords de l'énorme cargo spatial.

— Tu crains une attaque ? ironisa-t-il.

Trenton haussa ses épaules massives.

— Je me contente de prendre certaines précautions élémentaires. Où en sont les réparations ?

— Elles avancent. Les équipes ont commencé à étancher les joints qui fuyaient. Cela devrait tenir un certain temps. Le taux de radiation régresse rapidement. Théoriquement, on devrait pouvoir repartir assez vite.

Un sourire étrange étira les lèvres épaisses de Trenton.

— Je ne suis pas tellement pressé de repartir. J'ai envie de mieux connaître ce monde surprenant...

— Précise ta pensée, Bari ?

Le « Commodore » émit un rire désagréable.

— Imagine un peu, Chris... Un monde paumé au cœur d'un secteur d'ombre ! Un coin où personne n'a les moyens de venir nous chercher ! Tu parles d'un repaire idéal ! Moi, ça m'ouvre des horizons captivants ! Un port d'attache qui n'existe pas ! Un quartier général qu'aucun des croiseurs des Forces Spatiales de l'EMGAL ne pourrait atteindre... Du moins, sans ces coordonnées si aimablement fournies par le professeur Baum. Et ces coordonnées sont soigneusement enfermées dans un coffre du *Véga II.* Un coffre dont je suis le seul à connaître la combinaison ! Et en plus, il semblerait que les gens qui habitent ce monde inconnu disposent d'un secret inimaginable. On pourrait venir ici soigner nos vieilles douleurs, gars ! Et peut-être, qui sait, organiser des croisières discrètes, pour des clients désirant se débarrasser de leurs rhumatismes chroniques ! Je vois ça d'ici ! Ce que les brillants médecins de l'EMGAL ne peuvent pas vous offrir, Bari Trenton vous l'offre... Moyennant une somme modique !

Il frappa sur l'épaule de Chris Landsen et compléta :

— Je sens qu'on va trouver un filon super, mon bonhomme !

— Tu es vraiment le type le plus infect que j'aie jamais rencontré, murmura sourdement Chris.

— Il fallait t'en apercevoir avant d'embarquer, Chris, ricana Trenton. Maintenant, tu es dans le coup jusqu'à l'os, et à ta place, j'essaierais de jouer le jeu. Ça vaudrait mieux pour ta santé, si tu veux mon avis. Je t'ai toujours à l'œil, tu sais... Il y a même des moments où je me demande où j'ai déjà vu ta belle gueule de blondinet... J'ai toujours l'impression que tu ne m'étais pas vraiment inconnu quand tu t'es

présenté à bord, avec de chaudes recommandations de mon excellent ami Tiriak...

— A propos de jeu..., murmura Chris Landsen en se détournant légèrement. Tu pourrais
peut-être en expliquer les règles à ces gens que
voilà... Juste pour savoir s'ils sont d'accord avec
tes projets !

Trenton découvrit alors le petit groupe
d'hommes qui venait de faire son apparition à
une centaine de mètres de la nef, sans que les
sentinelles aient pu déceler leur approche. Ils
étaient une demi-douzaine, conduits par un
vieillard qui s'appuyait sur un long bâton curieusement brillant.

— Un conseil en valant bien un autre, sourit
Chris Landsen, j'essaierais d'être prudent, à ta
place. La brusque révélation de tes intentions
pourrait les indisposer à notre égard. Songe aux
contaminés...

CHAPITRE III

Tout sourire dehors, Bari Trenton s'avança vers le petit groupe des arrivants, une main levée dans un geste amical. Les quelques hommes entourant le vieillard étaient seulement vêtus d'une sorte de pagne de fibres sombres finement tressées, et leur morphologie générale rappelait celle des indigènes vivant sur une des planètes périphériques de l'Empire Galactique. Silhouette mince et puissante à la fois, avec des muscles longs et nerveux, cheveux aux reflets légèrement mauves retombant en mèches raides de part et d'autre de leur visage allongé, lèvres fines et teint olivâtre.

Ils étaient armés de frondes pendant à la ceinture de fibres maintenant leur pagne, et tenaient chacun une longue lance de métal martelé, à la pointe noircie au feu. Il n'y avait pourtant aucune agressivité décelable dans leur attitude. Le vieillard qui les conduisait était vêtu d'une longue tunique vert sombre qui descendait jusqu'à ses pieds nus. Il regardait Trenton avec une attention soutenue.

— Salut ! lança celui-ci en galax, la langue universellement parlée dans toutes les planètes de l'EMGAL depuis l'unification. Nous venons d'un monde très éloigné du vôtre...

Il désignait le ciel uniformément bleu, au-dessus d'eux, dans un geste significatif.

— Nous venons en amis. Nous avons eu des ennuis à bord de ce vaisseau qui nous permet de nous déplacer dans l'espace. Nous nous sommes posés ici pour réparer nos avaries.

Le vieillard l'observait toujours avec la même attention, et le « Commodore » sentit un curieux malaise l'envahir. Un malaise qu'il n'aurait su définir avec précision. Il se mit à danser d'une jambe sur l'autre, comme un gamin pris en faute. Il aurait voulu échapper à ce regard profond posé sur lui. A ce regard qui le sondait... Il se souvenait des paroles de Carl Baum. Si ces êtres apparemment arriérés étaient doués de facultés parapsychiques anormalement développées, le vieillard silencieux arrêté à quelques pas de lui pouvait tout aussi bien être en train de le sonder. C'était du moins l'impression qu'il ressentait, et cela lui était particulièrement désagréable. Il s'efforça de chasser de son esprit les pensées qui s'y bousculaient. Un sourire difficile à interpréter déforma la bouche édentée du vieillard qui leva légèrement son bâton brillant, fait d'une matière que Trenton aurait été bien en peine de définir.

— Soyez les bienvenus sur Krypta, étrangers, dit-il sans donner l'impression de chercher ses mots.

Il s'était exprimé lui aussi en galax, et Trenton réprima difficilement un frémissement de surprise. Baum n'avait pas menti. Ces gens-là, sous l'apparence de sauvages arriérés, d'humanoïdes demeurés à un stade d'évolution nettement en retard sur celui des habitants de l'EMGAL, disposaient de facultés étonnantes...

— Heu... nous avons également des malades, émit-il. Ils ont été contaminés par des radiations à la suite des avaries qui nous ont obligés à gagner votre monde. Ils vont mourir si on ne les soigne pas...

Chris Landsen s'était approché à son tour. Il sentait confusément que l'attitude du vieillard ne cadrait pas exactement avec les circonstances. Les Kryptiens ne semblaient pas spécialement étonnés par la présence de l'énorme cargo cosmique dont l'apparence devait pourtant avoir quelque chose de surprenant pour des êtres aussi peu évolués techniquement. Ils paraissaient admettre la présence de ces étrangers venus des profondeurs du cosmos comme une chose tout à fait normale.

— Un de ces malades affirme qu'il a déjà séjourné sur Krypta, reprit Trenton. Il dit également que vous avez les moyens de sauver ceux qui ont été contaminés par les radiations...

— Un seul homme peut avoir affirmé une chose pareille, murmura le vieillard, en changeant brusquement d'expression. Il se nomme Carl Baum, n'est-ce pas ?

— C'est exact, intervint Chris Landsen. C'est

lui qui nous a indiqué comment nous pouvions atteindre Krypta.

Toujours aussi difficile d'interpréter le sourire qui éclairait la face ridée du Kryptien. Chris Landsen également se sentait mal à l'aise, avec la sensation surprenante d'évoluer dans un univers dont ils ne percevaient en fait qu'une apparence, adaptée à leurs sens. Il fut certain tout à coup que l'image qu'ils captaient de ce monde était une chose très artificielle...

Les doigts du vieillard s'agitaient fébrilement sur la matière brillante du bâton qu'il tenait toujours dans le poing droit. Un mouvement qui n'avait apparemment rien d'involontaire ou de machinal. Chris se rendait compte que ce mouvement exerçait sur lui une étrange fascination.

— Nous pouvons vous aider en effet, se décida à prononcer le Kryptien, en cessant brusquement de remuer ses doigts sur la surface lisse du bâton.

Chris Landsen remarqua que la brillance de la matière inconnue avait sensiblement augmenté tandis que les doigts osseux pianotaient le long de la tige bizarrement torsadée, laquelle reprenait maintenant sa brillance normale.

— Faites amener vos malades, murmura le Kryptien en continuant à fixer Trenton qui se dandinait toujours d'une jambe sur l'autre. Nous pouvons effectivement les sauver, s'il en est encore temps. Mais il faudra vous plier aux conditions que je vous indiquerai. En premier lieu, je veux voir celui que vous appelez Carl Baum...

Trenton se tourna vers Chris Landsen, et lui adressa un signe de la tête.

— Va chercher le Professeur, Chris, ordonna-t-il. Demande également au toubib qu'il prépare les autres contaminés.

Tandis que Chris Landsen s'éloignait sans formuler le moindre commentaire, il fit de nouveau face au groupe des Kryptiens, et sourit au vieillard dont les traits n'exprimaient plus rien de particulier.

— J'accepte d'avance vos conditions, dit-il. Quelles sont-elles ?

Un soupir gonfla brièvement la maigre poitrine du Kryptien.

— Elles se résument à peu de chose, étrangers, dit-il. Nous allons prendre vos malades en charge, et les conduire dans un endroit qui doit rester secret. Seuls certains d'entre nous ont le droit de gagner cet endroit qui n'est pas très éloigné d'ici. Vous et vos hommes devrez demeurer aux abords de l'appareil qui vous a amenés sur Krypta, et ne vous en éloigner sous aucun prétexte. Si, comme je le pense, nous pouvons encore sauver vos compagnons, nous les ramènerons très vite ici, et vous devrez repartir, quitter définitivement Krypta. Ce monde doit rester coupé du reste de l'univers extérieur.

« Je vais parler à votre ami Carl Baum, avant toute chose. Je suppose que son séjour accidentel sur Krypta lui a permis de retrouver le chemin de notre monde... Un autre chemin que celui qu'il avait emprunté au péril de sa propre existence. Le moment venu, il nous faudra prendre certaines dispositions pour qu'aucun des êtres qui vivent dans l'univers extérieur ne puisse jamais plus atteindre Krypta, mais puisque vous êtes arrivés jusqu'ici, aucune de nos lois ne nous interdit de vous apporter ce secours dont vous avez besoin... Seulement, nous ne croyons pas qu'il soit souhaitable pour nous de renouveler un contact avec l'extérieur. »

— Nous respecterons ces conditions, ami, murmura Trenton en détournant malgré lui le regard.

Il se sentait toujours aussi mal à l'aise en face de ce personnage énigmatique.

— Mon nom est Bari Trenton, lâcha-t-il pour meubler le silence qui menaçait de s'installer.

Un silence qu'il redoutait, comme s'il pouvait favoriser un quelconque sondage mental de la part du Kryptien immobile devant lui.

— Le mien : Kaor-Len, sourit le Kryptien. Je conduirai moi-même les malades vers les vallées interdites.

Kris Landsen revenait, accompagnant deux hommes de l'équipe médicale, guidant une civière anti-gravité sur laquelle reposait Carl Baum. Le savant était très pâle, et sa poitrine se soulevait difficilement sous l'effet d'une respiration de plus en plus saccadée.

Kaor-Len pianotait de nouveau sur la surface lisse de son bâton. Ses yeux ne quittaient plus le visage de Carl Baum. Trenton fut certain qu'il l'avait reconnu, sans pouvoir définir sur quoi il basait cette certitude.

— Laissez-moi seul avec lui, ordonna le vieillard.

Le « Commodore » hésitait. Baum allait parler de la fameuse carte sur laquelle étaient portées les coordonnées cosmiques de Krypta. Ennuyeux... Mais dans l'immédiat, il ne pouvait faire autrement que de se plier aux conditions imposées par le vieux chef. Il se tourna vers ses hommes, qui s'étaient peu à peu regroupés autour de lui.

— Ecartez-vous, vous autres. Laissez-les seuls. Chris, viens avec moi. J'ai à te parler...

* *
*

Chris secoua la tête, avec une expression obstinée :

— Désolé, Bari, mais je ne marche pas. Nous devons respecter les conditions imposées par les Kryptiens. Ils ne veulent pas que s'établisse un contact avec ce qu'ils appellent l'univers extérieur. Nous devons respecter ce désir. Laisse tomber tes projets.

Ils se trouvaient alors dans le sas avant du *Véga II*, d'où ils pouvaient toujours observer le groupe des Kryptiens, rassemblés autour de la civière. Kaor-Len était penché sur le corps immobile de Carl Baum.

— Chris, tu commences à m'emmerder sérieusement, gronda le « Commodore ». Je n'ai pas l'intention de laisser passer une pareille occasion, sous le prétexte fallacieux de respecter la parole donnée à une poignée de sauvages qui en sont encore à l'âge de pierre, ou presque !

— Es-tu vraiment certain qu'ils sont aussi peu évolués que tu le crois ? demanda doucement Chris Landsen.

— Tu n'as qu'à les regarder, ricana Trenton. Des lances et des frondes en guise d'armes. Tu vois ce que ça pourrait donner face à nos fusils thermiques ? Fous-moi la paix avec tes principes de bon samaritain ! Tu me fatigues ! De toute façon, tu n'as pas à discuter mes ordres.

Son regard se fit sournoisement inquisiteur.

— Essaie de penser seulement un instant aux droits d'un commandant de bord quand un de ses hommes refuse d'exécuter un ordre... Dans certaines circonstances, ça pourrait ressembler étrangement à une mutinerie, et alors...

Il fit un geste rapide du tranchant de la main. Chris serra les dents.

— Un jour, je crois que j'aurai ta peau, Bari, gronda-t-il.

— Ouais, rigola le « Commodore ». Mais en attendant, tu vas faire exactement ce que je déciderai, gars ! Je veux savoir quel est ce secret que veulent nous cacher les Kryptiens, et je le saurai. On les suivra à distance quand ils emmèneront les contaminés vers ces fameuses vallées dont a parlé Kaor-Len. Ensuite, on avisera.

— Alors prends tes responsabilités seul, Bari, grogna Chris. Tu es assez malin pour te débrouiller tout seul avec ta poignée de forbans ! J'assurerai la garde du vaisseau.

Trenton secoua la tête, avec une expression cruelle dans le regard.

— Tu me prends vraiment pour un con, Chris... Te laisser seul derrière moi ? Avec les idées qui trottent dans ta petite tête ? Non, mon petit vieux. Kreg, ou un autre, assurera la surveillance du *Véga II*. Toi, on t'emmène. Je préfère t'avoir à portée de la main. Je n'ai jamais eu vraiment confiance en toi, tu sais, et maintenant moins que jamais ! Ah... On dirait qu'ils en ont terminé avec leurs palabres ! Amène-toi.

Chris demeura un instant sur place, tandis que Trenton s'éloignait le long de la rampe d'accès pour rejoindre le groupe des Kryptiens. Il se décida enfin à bouger, en songeant à tous ces mois qu'il avait passés à bord du *Véga II*, et aux raisons très personnelles qui l'avaient poussé à s'embarquer sur cette galère. Il marchait en fixant le dos massif du « Commodore ». Il haïssait cet homme brutal et sans scrupule. Mais il ne devait pas se laisser aveugler par cette haine. Pas encore... Il était seul, face à une meute dangereuse. Pas un des hommes de Trenton n'aurait songé une seule seconde à transgresser un ordre. Il était leur maître absolu et ils obéissaient. La vie d'un Chris Landsen ne pèserait pas lourd en cas de rébellion ouverte.

Il fallait temporiser, et n'intervenir que lorsqu'il aurait une chance raisonnable de neutraliser l'homme au crâne chauve qui marchait devant lui...

— Il ne faut plus perdre de temps, annonça

Kaor-Len quand ils le rejoignirent. Faites amener les autres contaminés. Nous devons les emmener immédiatement vers les vallées interdites.

— Ils sont dans l'incapacité de se déplacer par leurs propres moyens, renvoya Trenton.

— Ne vous inquiétez pas de cela, répliqua le vieillard. J'ai donné des ordres.

Chris Landsen remarqua que deux ou trois des Kryptiens qui escortaient Kaor-Len avaient disparu. Ils revinrent un peu plus tard, alors que l'équipe médicale du *Véga II* avait amené près de Carl Baum les cinq civières supportant les corps des malheureux touchés par les radiations. L'un d'eux parla à voix basse à Kaor-Len qui se contenta d'incliner la tête à plusieurs reprises. Chris Landsen regardait le visage émacié de Sofia Baum, qui reposait inerte sur sa civière, flottant à quelques centimètres de l'herbe jaune. La jeune femme était pratiquement inconsciente, et respirait avec difficulté. Chris ne l'avait vue qu'une fois avant les derniers événements. Elle était très belle, alors, avec ses cheveux sombres, et ses grands yeux un peu rêveurs. Il se demanda quels liens mystérieux avaient pu unir deux êtres aussi différents que Carl Baum et sa femme. Puis il pensa qu'il n'avait pas le droit d'intervenir, d'une façon ou d'une autre, tant que ces malheureux ne seraient pas hors de danger, si toutefois les Kryptiens pouvaient les tirer de là, ce qui n'était pas encore prouvé. Il fallait attendre...

Son attention fut détournée par l'arrivée d'un

attelage surprenant qui venait de faire son apparition à courte distance. Ce qui était le plus étonnant, c'était la façon dont apparaissaient ces êtres apparemment paisibles. Il avait remarqué qu'on ne les voyait jamais arriver de loin. Ils étaient là, tout à coup, et pourtant, la vue portait très loin, jusqu'à l'horizon curieusement plat. Chris aurait voulu marcher vers cet horizon rectiligne, qui limitait la plaine herbeuse, parsemée d'arbres aux troncs élancés. Mais il sentait confusément qu'il serait inutile de vouloir définir les limites réelles de ce monde... La notion de distance était peut-être une chose très relative sur Krypta.

En tout cas, les êtres qui vivaient dans cet univers paraissaient se matérialiser brusquement dans leur environnement immédiat, comme si ce qu'il y avait au-delà de cet environnement, sans doute artificiel, était placé hors de leur compréhension... Il se sentait personnellement comme frustré d'une autre vision, plus réelle celle-là, de ce qu'était vraiment Krypta...

— Regarde un peu ça, souffla près de lui la voix à peine perceptible de Trenton. Et ne viens pas me dire que ces types sont dangereux ! Des chariots de bois ! On se croirait sur Terre au Moyen Age !

Les deux chariots qui venaient d'apparaître dans leur champ visuel étaient en effet munis de roues plus que rustiques, faites de planches grossièrement équarries, assemblées par des chevilles, mais Chris regardait surtout les étranges animaux à tête reptilienne qui les tiraient,

arc-boutés sur leurs pattes puissantes couvertes
d'écailles grisâtres. Une crinière flamboyante
ondulait bizarrement sur leur échine, et leurs
yeux verts, lumineux, semblaient fixer attentivement ces étrangers qui avaient débarqué sur
Krypta. Ils tenaient à la fois du cheval, par le
corps, et des grands reptiles préhistoriques qui
avaient autrefois peuplé la Terre, par la tête
extrêmement mobile à l'extrémité d'un cou
puissant.

Ils s'arrêtèrent d'eux-mêmes à proximité des
civières alignées les unes à côté des autres, sans
que les quelques Kryptiens qui guidaient les
chariots aient donné le moindre ordre verbal.

— Tu parles d'un équipage ! grogna Trenton.

Il s'approcha de Kaor-Len.

— Qu'allez-vous faire ? interrogea-t-il.

Le vieillard lui lança un regard vaguement
étonné.

— Mais... nous allons les emmener dans ces
véhicules. Ne vous fiez pas à leur apparence. Ils
sont très confortables ! De toute façon, le trajet
ne sera pas très long. Laissez-nous faire.

Des Kryptiens s'approchaient des contaminés,
et ils se mirent en devoir de soulever les corps
pour aller les déposer avec des précautions
infinies à l'intérieur des chariots, sur des litières
faites de fougères odorantes. Chris Landsen
s'approcha de Carl Baum qui semblait avoir de
grandes difficultés à demeurer conscient. Il lui
toucha amicalement l'épaule.

— Tout ira bien, Professeur, dit-il doucement.

Le savant le fixa avec une intensité particulière, et murmura faiblement :

— J'aimerais en être... aussi sûr que vous... Je n'ai pas peur de mourir. Je sais maintenant que... qu'ils nous sauveront. Mais je pense... à... à Trenton.

Sa main s'accrocha nerveusement à celle de Chris.

— Il... il faut l'empêcher de...

Un gémissement s'échappa de ses lèvres, et il retomba inerte. Chris eut beaucoup de mal à se libérer de l'étreinte de cette main brûlante qui s'accrochait à la sienne.

Il resta longtemps immobile à l'endroit où il se trouvait, tandis que les chariots faisaient demi-tour, pour s'éloigner. Au loin, apparaissaient maintenant des montagnes irréelles, noyées dans une brume impalpable...

Bari Trenton regardait lui aussi ces montagnes qui n'existaient pas quelques instants auparavant. Un mauvais sourire étirait ses lèvres...

CHAPITRE IV

Les chariots et leur équipage avaient brusquement disparu, comme happés par un repli de terrain, et les hommes du *Véga II* se retrouvèrent seuls au milieu de la plaine herbeuse. Des nuages blancs montaient du côté du lac aux eaux calmes, et le grand soleil de Krypta prenait des tons orangés, transformant le ciel en une immensité dorée.

Un des héliocars du bord jaillit soudain du sas de la nef, et vint s'arrêter à la hauteur de Chris Landsen et du « Commodore ». La bulle de protection bascula, alors que le petit appareil se stabilisait silencieusement à quelques centimètres de la surface de l'herbe, soutenu par ses générateurs anti-gravité.

— Embarque, Chris, ordonna sèchement Trenton. Et magne-toi un peu le train. Je n'ai pas envie de les perdre !

Chris Landsen prit place à bord de l'héliocar et se plaça debout à la droite du pilote qui semblait attendre les ordres. Trois autres hommes occupaient l'habitacle, armés jusqu'aux dents. Sans en avoir l'air, ils surveillaient les réactions de Chris. Trenton embarqua à son tour. Un sourire ironique étira les lèvres de Chris.

— Tu comptes les suivre comment, Bari ? interrogea-t-il en désignant les écrans opaques des appareils de détection.

Trenton fit un geste, et la bulle transparente se referma au-dessus de leurs têtes, tamisant la lumière solaire.

— Je sais aussi bien que toi que nos radars ne peuvent nous être d'aucune utilité sur Krypta, ricana-t-il. Mais j'ai tout prévu. Les ondes radio semblent se propager normalement dans ce monde étonnant. Et si nous ne pouvons capter aucun écho réfléchi par les choses de cet univers, nous pouvons par contre capter ceci...

Il bascula un interrupteur sur le tableau de bord et un signal intermittent meubla aussitôt le silence de l'habitacle. Cela rappelait le « bip » lancinant des sonars d'autrefois.

Trenton émit un rire satisfait et expliqua :

— Kreg a dissimulé une mini-balise sur ondes courtes dans les vêtements de Carl Baum ! Elle va nous permettre de suivre leur expédition à distance ! Que dis-tu de ça, Chris ?

L'héliocar glissait maintenant au-dessus du sol, prenant de la vitesse. Chris haussa les épaules.

— Je maintiens que tu es en train de faire une énorme bêtise, Bari, dit-il d'une voix assourdie. Nous connaissons mal ce monde étrange. Il pourrait bien nous réserver des surprises, si tu veux mon avis.

— Ton avis, je m'en tamponne ! s'emporta le « Commodore ». Contente-toi de suivre sagement le mouvement, et garde tes impressions pour toi. Accélère un peu, Raul, le signal diminue d'intensité !

Le pilote de l'héliocar poussa vers l'avant une manette munie d'une poignée rouge, et l'appareil fit un bond, avalant le paysage de plus en plus vite. Chris fronça les sourcils.

— Bon sang !... Les chariots ont disparu depuis quelques minutes seulement, dit-il. Ils n'ont pas pu couvrir une telle distance !

Trenton venait sans doute de se faire la même réflexion. Il avait l'air soucieux.

— C'est vrai, admit-il. Leurs monstres à tête de dinosaure doivent avoir une sacrée vitalité pour se déplacer à une vitesse pareille ! Ça va, Raul, tu peux ralentir. Le signal redevient normal. Pas la peine qu'ils nous repèrent. Contente-toi de maintenir la distance.

L'héliocar avait pris de l'altitude, et survolait maintenant une épaisse forêt. Les chariots devaient se déplacer assez loin devant, sous le couvert des arbres gigantesques, au feuillage tellement touffu que le sol n'était plus visible. Chris jeta un coup d'œil à l'indicateur de vitesse, par-dessus l'épaule du pilote. S'il devait se fier à la petite aiguille verte qui oscillait en permanence, les chariots se déplaçaient à plus de deux cents kilomètres à l'heure !

— Aberrant, émit-il à haute voix. Ces indications ne veulent strictement rien dire.

— C'est aussi mon avis, renvoya Trenton. Mais on cherchera à comprendre une autre fois. L'important, ce n'est pas cette vitesse, qui peut être toute relative, c'est que nous les suivions sans problème. Ils finiront bien par arriver quelque part !

Chris n'ajouta aucun commentaire. Il songeait qu'ils devaient toujours évoluer à l'intérieur du supra-espace, malgré l'apparence matérielle de ce monde bizarre. Ce qui pouvait expliquer certaines distorsions des critères habituels espace-temps... Mais ce n'était pas ce genre de constatation qui pouvait freiner les élans de Bari Trenton. Le commandant du *Véga II* était littéralement obsédé par le secret des Kryptiens, et il irait jusqu'au bout de cette obsession...

La forêt qui défilait sous le ventre de l'héliocar se faisait moins dense, et ils distinguaient maintenant très bien les montagnes vertigineuses qui barraient l'horizon. Des nappes de brume bleutée stagnaient au milieu des premières vallées qui semblaient se dessiner au fur et à mesure de leur progression.

Brusquement, alors que l'appareil survolait une surface nue, étrangement lisse, le signal sonore auquel leurs oreilles avaient fini par s'habituer stoppa net. Trenton se précipita vers un des appareils et son visage se crispa.

— Plus rien, constata-t-il, en enfonçant à plusieurs reprises un bouton noir, provoquant l'allumage d'un voyant témoin. On dirait que l'émission a cessé d'un seul coup. Ralentis, Raul... On risque de leur tomber dessus sans prévenir ! Essayez de les repérer à la vue. Ils ne peuvent pas être bien loin de nous, nom d'un chien !

Il s'énervait à vue d'œil. Chris regardait devant lui, au-delà de la verrière polarisée de l'héliocar. Il repéra très loin un vague nuage de poussière, mais se garda bien de le signaler. Il n'avait nullement l'intention de faciliter les choses à Trenton. Mais il était quand même presque certain que ce nuage matérialisait la progression des chariots.

Le pilote de l'appareil s'agita soudain sur son siège, tournant vers ses compagnons un visage marqué par l'étonnement.

— L'hélio répond mal aux commandes, dit-il d'une voix tendue. Quelque chose ne va pas. Les générateurs cafouillent... On dirait que nous approchons d'un champ magnétique intense !

Il n'eut pas le temps d'ajouter quoi que ce soit. Il se produisit un choc terrible à l'avant de la carène, et l'héliocar parut rebondir vers le ciel. Cramponné à une saillie du tableau de bord, Chris réussit à se maintenir en équilibre, mais deux des passagers de l'appareil partirent en arrière, battant inutilement des bras pour tenter de rétablir leur équilibre compromis. L'un d'eux alla s'écraser contre une console métallique, à l'arrière de l'habitacle, et s'effondra avec un hurlement de douleur. Accroché au dossier du siège de pilotage, Trenton était devenu blême, et serrait les dents à s'en faire

éclater les mâchoires. Le pilote se bagarrait avec
ses commandes pour tenter de rétablir la trajectoire de l'héliocar qui semblait complètement
désemparé, et qui plongeait maintenant vers le
sol à une vitesse vertigineuse.

— Les générateurs à pleine gomme ! hurla
Trenton.

Le pilote fit un geste rapide, et la carène de
l'appareil se mit à vibrer violemment, comme si
la structure métallique allait tout à coup se
désintégrer. Une brutale décélération plaqua
Chris Landsen contre le tableau de bord, et il
sentit son sang refluer vers ses pieds quand le
pilote réussit à incurver enfin la trajectoire folle
de l'engin, qui frôla la cime des arbres avant de
retrouver une assiette normale. Les générateurs
avaient obéi, mais les dispositifs anti-G, eux,
semblaient avoir déclaré forfait. Aveuglé par un
voile noir, Chris faisait des efforts désespérés
pour lutter contre l'évanouissement. Un tel
phénomène, à la vitesse relativement faible à
laquelle ils évoluaient au moment du choc, ne
pouvait pas être normal. Mais qu'y avait-il de
vraiment normal dans ce monde ?

Quand il retrouva une vision plus nette,
l'appareil était stabilisé à quelques mètres du
sol, pas très loin de la lisière de la forêt. Un
gémissement continu dominait la vibration des
générateurs.

— Klarke est blessé, haleta une voix.

— Essaie de te poser là-bas, juste sous les
arbres, ordonna Trenton. Bon Dieu ! Je me

demande ce qu'on a pu heurter. Il n'y avait rien devant nous !

L'appareil partit en glissade vers les arbres.

— Maintenant, ça répond normalement, constata le pilote.

Il vint poser son appareil à quelques mètres d'un énorme tronc à l'écorce torturée, et coupa les générateurs. Chris se décida à lâcher la saillie du tableau de bord, et tituba jusqu'au corps étendu au fond de l'habitacle. Quand il se redressa, Trenton se tenait près de lui, l'œil interrogateur.

— Il a dû heurter quelque chose avec la tête, déclara Chris. Il est évanoui. Je crois qu'il est sérieusement touché. La plaie n'est pas belle...

— Manquait plus que ça, râla Trenton.

— Il faut le ramener de toute urgence à la nef, reprit Chris, sautant sur l'occasion. Kreg est parfaitement équipé pour soigner ce genre de chose.

Les autres attendaient la décision de Trenton. Elle fut conforme à ce qu'attendait Chris. Entre la vie d'un de ses hommes, et ce qu'il avait décidé de faire, le « Commodore » n'hésita pas une seule seconde.

— Il est peut-être seulement assommé. Il n'avait qu'à se cramponner ! Raul... Tu vas rester près de lui, et essayer de le soigner avec la pharmacie de bord. Moi, je veux savoir ce qui nous a arrêtés ! Allez, débarquez, vous autres...

— Raul pourrait l'emmener jusqu'à la nef et revenir nous chercher ? proposa un des hommes d'une voix hésitante.

— Pas question, grogna Trenton. Nous pouvons avoir besoin de l'héliocar.

Il n'y eut pas d'autre objection parmi l'équipage, habitué à ne jamais discuter les ordres de Trenton, et les hommes sautèrent l'un après l'autre sur le sol, couvert d'une fine poussière brune.

— Toi aussi, Chris, ordonna Trenton en désignant l'ouverture béante.

Il avait son regard buté des mauvais jours, et Chris Landsen quitta l'héliocar sans rien dire. Sa haine pour Trenton venait encore de progresser de quelques degrés...

*
**

Ils étaient éloignés de quelques centaines de mètres de l'endroit où s'était posé l'héliocar, quand un des hommes qui marchait en éclaireur s'immobilisa soudain avec une exclamation de surprise. Chris le vit lever le bras, comme s'il s'appuyait sur une surface invisible. Trenton s'approcha à son tour, avec un peu trop de précipitation, et il fut rejeté en arrière, *exactement comme s'il avait donné tête baissée contre un obstacle*.

— Un champ de protection ! gronda-t-il en se frottant le front. Bon sang, ce n'est pas possible !

Chris explorait prudemment la surface invisible qui s'opposait à leur progression. Ses deux mains touchaient une surface dure et parfaitement transparente.

— Voilà ce que nous avons heurté, dit-il. Il

doit y avoir une sorte de dôme immense, interdisant l'approche de ces montagnes.

Trenton se déplaçait le long de l'invisible paroi. Il attira soudain l'attention de ses hommes, et ils se précipitèrent avec un ensemble parfait pour venir regarder les traces bien nettes que leur désignait le « Commodore ».

— Leurs foutus chariots sont passés ici, commenta Trenton. Et les traces se poursuivent de l'autre côté de cette saloperie de barrière ! Donc, le vieux possède un moyen de neutraliser l'effet de ce mur invisible...

— Tu penses toujours qu'ils sont des sauvages arriérés ? ironisa Chris. Moi, j'ai plutôt l'impression qu'ils disposent de moyens assez sophistiqués ! Il n'est pas à la portée du premier humanoïde venu de créer ce qui doit être une barrière magnétique, tu ne crois pas ?

— Ta gueule, s'énerva le « Commodore ». Il doit bien y avoir un moyen de...

Une voix tonitruante, venue de nulle part, lui coupa la parole :

— *Vous êtes dans une zone interdite ! Faites immédiatement demi-tour... Eloignez-vous de la paroi de protection ou vous allez en subir les effets nocifs. Attention...*

— Reculez ! cria Chris, en se rejetant lui-même en arrière.

Le dôme immense était en train de se matérialiser devant eux, prenant soudain des tons irisés, tandis qu'une modulation stridente succédait à la voix. Ahuris, Trenton et ses hommes refluèrent en catastrophe. Chris sentait ses nerfs se tendre jusqu'à la souffrance, et il continua à reculer, fixant incrédule l'immense dôme qui semblait protéger les montagnes elles-mêmes. Le soleil se reflétait maintenant sur la surface irisée, créant autour d'eux une luminosité presque insoutenable au regard. Ils durent reculer jusqu'aux arbres, avant que ne cessent les effets désagréables provoqués par la proximité de la paroi scintillante.

Alors le dôme disparut de nouveau à leur vue, aussi brusquement qu'il leur était apparu. Le souffle court, Bari Trenton continuait à fixer les immenses vallées qui s'étendaient devant eux.

— On va attendre le retour des chariots, haleta-t-il. Quand ils approcheront de la paroi, il se passera forcément quelque chose... Il est évident que cette barrière de protection doit être neutralisée quand ils veulent la franchir...

— Commodore... Je crois qu'on a de la visite ! annonça soudain un des hommes en dégageant lentement l'arme qu'il portait au côté droit.

Chris Landsen pivota sur les talons de ses bottes d'alcron. Un groupe menaçant de Kryptiens venait d'apparaître à la lisière de la forêt. Ils tenaient leurs lances pointées, bras levé, et quelques-uns d'entre eux commençaient à faire tourner leur fronde au-dessus de leur tête...

CHAPITRE V

Un des Kryptiens s'avança de quelques pas, se détachant nettement du groupe menaçant. Il regardait Trenton qui venait de poser à son tour la main droite sur la crosse de son pistolet thermique.

— Vous ne pouvez pas rester ici, dit-il d'une voix dure, s'exprimant en galax sans le moindre accent décelable. Vous avez transgressé les ordres de Kaor-Len, malgré la parole donnée. C'est très grave, mais nous pouvons passer sur cela si vous acceptez maintenant de nous suivre sans opposer de résistance. Lâchez vos armes. Nous allons vous reconduire vers votre vaisseau.

— Je crois qu'on ferait aussi bien d'obéir, suggéra calmement Chris en laissant ses bras le long de son corps, pour bien marquer son intention de ne pas s'emparer de l'arme qui pendait à son ceinturon.

Curieusement, Trenton parut se détendre, et un sourire étira ses lèvres. Un sourire qui se voulait à la fois amical et confus. Mais Chris le connaissait trop pour se fier à ce sourire...

— Excusez-nous, amis ! lança le « Commodore ». Nous avions juste envie de nous dégourdir un peu les jambes. Nous visitions un peu votre monde, c'est tout. Pas vrai, les gars ?

Il se tournait vers ses hommes, comme pour les prendre à témoin de sa bonne volonté. Chris nota une certaine hésitation parmi le petit groupe des Kryptiens. Malgré leurs facultés paranormales, ils étaient en train de se laisser prendre à la comédie que leur servait Trenton.

— Bien sûr qu'on va les suivre, reprit ce dernier en tournant le dos aux Kryptiens.

Placé comme il l'était, Chris ne pouvait plus voir l'expression de son visage, mais il sentit qu'il allait se passer quelque chose de terrible. Il fallait empêcher Trenton de réagir... Il arracha brusquement son pistolet paralysant de la gaine fixée à son ceinturon, et voulut le braquer sur le commandant du *Véga II*, mais Trenton devait avoir prévu une réaction de ce genre. Il pivota brusquement sur lui-même, et son bras balaya l'air avec une rapidité inouïe, faisant sauter l'arme du poing de Chris, qui eut l'impression que son poignet avait été brisé sous l'effet du choc.

Simultanément, les deux hommes de l'équipage ouvrirent le feu en direction des Kryptiens, surpris par l'action. Trenton plongea dans la poussière, avant que Chris ait eu le temps de retrouver ses esprits, et récupéra l'arme paralysante.

Un des Kryptiens s'écroulait en hurlant, tournoyant sur lui-même, environné de flammes

crépitantes. Un autre réussit à se servir de sa
fronde, et un projectile passa en ronflant à
quelques centimètres de la tête d'un des hommes de Trenton, qui modifia aussitôt la direction
de son tir. La rafale thermique balaya le groupe
des Kryptiens qui refluaient vers l'abri tout
relatif des arbres, mais l'un d'eux eut le temps de
lancer sa curieuse sagaie, et il atteignit son but.
Traversé de part en part par la lance, le tireur
s'effondra avec un râle d'agonie, et roula dans la
poussière.

— Bari ! Arrêtez... Bon sang ! hurla Chris en
évitant de peu un des projectiles expédiés par
une fronde. Vous êtes devenus fous !

Le dernier Kryptien s'enfuyait en direction de
la forêt. Le visage crispé, Trenton l'ajusta posé-
ment, comme à l'exercice, et écrasa la détente
de son pistolet thermique. Une longue fulgu-
rance éblouissante fusa du tube de tir, et happa
le fuyard, qui fut aussitôt environné de flammes
dévorantes. Son corps s'agitait désespérément
au milieu de l'infernale chaleur. En quelques
secondes, il ne fut plus qu'une masse ridiculement petite de charbon calciné...

Hébété, Chris fixait avec horreur ce qui restait
du groupe des Kryptiens. Autant dire rien... Pas
un n'avait pu échapper au terrible rayonnement
des armes thermiques. Trenton fut soudain
devant lui, les traits déformés par la haine.

— Tu aurais pu m'avoir, Chris, gronda-t-il.
Mais tu as échoué...

Le pistolet thermique était braqué sur son
ventre, et Chris sentit ses muscles abdominaux

se crisper douloureusement. Il lisait l'envie de
tuer dans le regard de Trenton. Pourtant, ce
dernier ne tira pas.

— Rassure-toi, salopard, je n'ai pas l'intention de te descendre. Pas maintenant, du moins.
J'ai même envie de te ramener vivant sur Mars.
Pour te remettre entre les pattes de mon excellent ami Tiriak, en lui expliquant quel genre de
recrue il a laissé s'infiltrer dans nos rangs. Tu
veux que je te dise, Chris? J'en arrive maintenant à me demander si ces recommandations
que tu as produites en embarquant à bord du
Véga II émanaient bien de Tiriak... Je commence à en douter, imagine-toi! Tiriak ne se
serait pas trompé à ce point.

Il émit un rire désagréable et ajouta :

— J'ai l'impression que le voyage de retour
ne va pas être très agréable pour toi, gars... On
va s'occuper de ta santé, et il faudra bien que tu
nous racontes ta vie. En attendant, tu es
désarmé, et on va t'avoir à l'œil, tu peux me
faire confiance! Allez, avance vers l'héliocar.

— Commodore !

— Qu'est-ce qu'il y a encore? renvoya Trenton sans quitter Chris des yeux.

— Garvitch a son compte...

— Traîne-le jusqu'aux arbres et planque-le,
ordonna froidement Trenton. Je veux que tout
ait l'air normal dans le coin quand les autres
reviendront avec les contaminés. Demande à
Raul de t'aider. Allez, avance, Chris, et évite de
faire l'andouille. Tu as assez joué au héros
comme ça !

* *

Tapis à l'intérieur de l'héliocar, à peine visible dans l'ombre dense des arbres, Bari Trenton et le pilote de l'appareil guettaient l'apparition des chariots, depuis le poste de pilotage du petit engin... Surveillé de près par un des rescapés, un nommé Stensen, Chris essayait de soigner Ronald Klarke, dont la plaie continuait à saigner abondamment.

— Si on reste là, il ne s'en sortira pas, émit-il en se redressant. Je n'arrive pas à stopper l'hémorragie.

— Alors tiens-toi tranquille, et fous-nous la paix, renvoya sèchement Trenton. Stensen... S'il t'emmerde, boucle-le avec un des harnais magnétiques.

— Pas la peine, ricana l'interpellé. Il est sage comme une image, notre blondinet ! Il a compris qu'il faisait pas le poids ! Pas vrai, beau gosse ?

Chris haussa les épaules, et choisit d'aller se laisser tomber dans un des fauteuils latéraux. Il parut s'enfermer dans une profonde rêverie, vaguement morose. En fait, il se voyait mal parti. Trenton finirait par apprendre d'une façon ou d'une autre les motifs qui l'avaient poussé à embarquer à bord du *Véga II*. Il se doutait déjà que le nommé Tiriak n'était certainement pas pour grand-chose dans les recommandations écrites qu'avait produites Chris au moment d'embarquer... Une mission qui allait probablement finir très mal pour Chris Landsen, agent spécial des Forces Spatiales de l'EMGAL, infiltré dans les rangs de cette bande de pirates insaisissables, menés par Bari Trenton... Insaisissables, ils allaient vraiment le devenir si les projets de Trenton se réalisaient. Personne ne songerait effectivement à venir traquer la bande sur un monde qui n'existait pas !...

— Les voilà ! souffla soudain Raul Beckle en désignant à Trenton les attelages qui approchaient rapidement de l'endroit où devait toujours subsister la barrière infranchissable.

— Démarre les générateurs, ordonna le « Commodore » d'une voix excitée.

Chris changea de position de façon à regarder ce qui se passait au-delà de la bulle transparente de l'héliocar. Il repéra sans aucune difficulté les deux chariots, toujours traînés par les curieux animaux à crinière flamboyante. Kaor-Len marchait seul devant les deux attelages, son bâton à la main.

Chris le vit soudain lever le bras gauche, et s'immobiliser. Debout à l'intérieur des chariots, les contaminés ne bougeaient pas. Mais ils étaient debout !... Chris distinguait parfaitement les cheveux noirs de Sofia Baum, serrée contre son mari dans le premier chariot.

— Ils sont arrivés à proximité de la barrière magnétique, souffla Trenton. Tiens-toi prêt, Raul...

Là-bas, Kaor-Len avait baissé le bras. Il semblait fouiller dans une poche de sa longue tunique vert sombre. Quand il leva de nouveau son bras gauche, quelque chose brillait à l'extrémité de ses doigts. Un long faisceau lumineux partit de cette chose brillante qu'il élevait au-dessus de sa tête, et un champ de vibrations intenses matérialisa aussitôt toute une partie du dôme de protection, qui se mit à scintiller sous les rayons du soleil, maintenant bas sur l'horizon.

Quand les vibrations disparurent, Kaor-Len se remit en marche, et rien ne s'opposa au passage des chariots.

— J'en étais sûr ! jubila Trenton. Vas-y, Raul ! Maintenant !

L'héliocar fit un bon en avant, glissant à toute vitesse en direction des chariots, qui s'immobilisèrent brusquement à son approche.

Kaor-Len leva son bâton brillant, comme si ce geste pouvait suffire à stopper la course de l'appareil qui se ruait dans sa direction. Trenton pressa un contact sur le tableau de bord, et un mince faisceau jaune jaillit à l'avant de l'héliocar. Frappé de plein fouet par la décharge paralysante, le vieillard plia doucement les genoux, et s'effondra sur le sol. Dans les brancards des deux chariots, les animaux à tête de sauriens demeuraient immobiles...

— Problème réglé ! exulta Trenton en manœuvrant le dispositif d'ouverture de la bulle. Stensen... Continue à surveiller notre ami. Bon Dieu ! On dirait que les contaminés sont en pleine forme. C'est fantastique !

Il sauta le premier sur le sol, alors que l'héliocar s'arrêtait doucement à la hauteur des chariots, et se précipita vers le corps immobile de Kaor-Len. Chris le vit se pencher sur le vieillard foudroyé, incapable de faire le moindre mouvement, mais probablement encore lucide. Le pilote de l'héliocar sauta à son tour sur le sol. Les contaminés paraissaient s'éveiller d'un long rêve, et quittaient un à un les chariots, vaguement hébétés. Carl Baum s'agitait, mais Chris ne pouvait pas entendre ce qu'il disait. Il continuait à regarder en direction de Trenton qui se redressait, tenant quelque chose de brillant dans ses mains réunies en coupe. Il riait, ignorant visiblement les protestations véhémentes de Carl Baum qui venait de se planter devant lui, le visage déformé par la colère.

— Allez, amène-toi, blondinet, grogna Stensen en agitant le canon de son arme. On va aller voir de quoi il retourne.

Chris ne put s'empêcher de jeter un regard en direction du blessé qui remuait faiblement, émettant parfois un gémissement assourdi.

— Te casse pas la tête pour lui, ricana Stensen. Il ne s'envolera pas ! Allez, descends, et essaie de marcher droit. Je crois que ça me plairait de te descendre si tu faisais un pas de travers !

***

— Vous n'avez pas le droit de faire une chose pareille, Trenton ! cria Carl Baum. Vous aviez donné votre parole ! Nul n'a le droit de pénétrer dans les vallées.

— C'est pourtant ce que nous allons faire,

Professeur, renvoya le « Commodore ». Et grâce à ceci...

Il montrait l'espèce de diamant aux reflets lumineux qu'il avait pris à Kaor-Len.

— Je crois que j'ai trouvé le truc, ajouta-t-il en le levant au-dessus de sa tête, en direction de la paroi invisible qui devait toujours se dresser derrière les chariots immobilisés. Regardez, les amis !

Le long faisceau lumineux jaillit soudain de ses doigts, et alla frapper la surface du dôme, qui devint visible à nouveau, sur une largeur suffisante pour livrer passage à l'héliocar.

— Ils sont malins, ces sauvages ! rigola Trenton. Il suffit de penser, et ça marche !

Chris observait le « Commodore ». Curieux quand même qu'il ait deviné tout seul comment fonctionnait ce fabuleux dispositif d'ouverture de la barrière magnétique... Kaor-Len était dans l'incapacité provisoire de le lui avoir révélé, et pourtant, le forban n'avait pas hésité une seule seconde...

Il reporta son attention sur les autres, qui s'étaient regroupés autour du pilote de l'héliocar, et qui commentaient leur aventure, avec force gestes.

— Que s'est-il passé, là-bas ? questionna Trenton en faisant disparaître le curieux diamant, qui avait cessé d'émettre le faisceau lumineux.

Ce fut Carl Baum qui répondit :

— Nous n'en savons rien... Aucun souvenir. Mais en tout cas, nous sommes sauvés.

Son visage se crispa douloureusement.

— Il faut retourner à la nef, Trenton, et quitter ce monde qui nous est interdit.

Il tremblait nerveusement, en proie à une agitation que Chris trouva anormale.

— Il faut partir, Trenton... Vite. Sinon, nous sommes perdus !

Trenton l'observait, la tête inclinée sur le côté droit.

— Je ne partirai pas avant de connaître leur secret, gronda-t-il. Les autres ne se souviennent peut-être de rien, parce qu'ils étaient plus gravement atteints que vous, Professeur. Mais je crois que vous, vous êtes parfaitement capable de nous guider au milieu de ces vallées, et de nous conduire là où vous a amenés Kaor-Len.

Carl Baum détourna les yeux.

— Même si j'en étais capable, je ne vous conduirais pas, Trenton, dit-il d'une voix rentrée.

— Vous en êtes sûr ? ironisa Trenton en jetant un coup d'œil en direction de Sofia Baum qui se tenait près de son mari. Savez-vous ce que nous allons faire, Professeur ? Puisque ces garçons ont retrouvé toutes leurs facultés, grâce à un remède miraculeux que je compte bien m'approprier dans les plus brefs délais, eh bien, certains d'entre eux vont regagner la nef à bord de l'héliocar. Votre femme les accompagnera, sous bonne garde. Vous ne voudriez pas qu'il lui arrive quelque chose de fâcheux, n'est-ce pas ?

— Vous êtes un monstre, Trenton ! haleta Carl Baum.

— Je sais, Professeur, ricana le « Commodore ». Mais monstre ou pas, vous allez nous accompagner jusqu'à cet endroit que nous cherchons. S'il nous arrivait quelque chose, je crains que votre femme ne revoie jamais son univers d'origine !...

Il se fit violent, soudain, et Chris vit son visage se transformer à une vitesse inouïe. Il eut brusquement la certitude que Trenton n'était plus dans son état normal depuis qu'il avait récupéré l'étonnant diamant de Kaor-Len...

— Je dois aller là-bas, gronda-t-il. Et rien ne m'en empêchera ! Alors, faites-vous une raison, Professeur ! Raul, prends deux hommes et sortez Klarke de l'héliocar. On l'emmène. Quelque chose me dit qu'on peut encore le sauver. Un excellent moyen de vérifier leur procédé.

Il s'approcha des rescapés et distribua rapidement des ordres, avant de revenir vers Chris.

— Tu vas suivre le mouvement, beau blond, déclara-t-il. Je préfère que tu restes près de moi. Maintenant, on ne va plus se quitter, tu sais ! Des fois qu'on aurait besoin d'un sujet d'expérience !

Deux de ses hommes entraînaient Sofia Baum en direction de l'héliocar, malgré les protestations du savant, tenu en respect par un autre homme d'équipage.

— Fermez-la, Baum ! s'énerva Trenton. Si vous jouez le jeu, vous la retrouverez intacte au retour.

— Il n'y aura pas de retour, gémit Carl Baum en portant les deux mains à son visage. Vous ne vous en sortirez pas, Trenton... Aucun de nous ne s'en sortira vivant ! Vous ignorez tout de ce monde...

— Je ne demande qu'à apprendre ! Allez, en route ! Passez devant, Professeur. Un peu de marche à pied nous fera le plus grand bien ! Et ce sera plus discret que ces chariots...

Ce fut à ce moment précis qu'un des hommes de Trenton laissa fuser une exclamation de surprise en désignant l'endroit où se trouvait, quelques secondes plus tôt le corps de Kaor-Len, toujours immobilisé par la décharge paralysante.

Trenton jura sourdement, le regard dilaté par la surprise, et Chris sentit un frisson glacial lui parcourir l'échine. Le corps du Kryptien n'était plus là.

— Il n'a pas pu s'échapper, bredouilla Stensen. Il était encore là il y a trois secondes... Je l'ai vu !

— Il en avait pour au moins trois heures avant de pouvoir remuer un doigt, grogna Trenton.

— Tu as toujours l'intention de franchir la barrière magnétique ? demanda Chris sur un ton plein d'une ironie mordante.

Trenton ne répondit pas, mais son regard buté suffit à faire comprendre à Chris qu'il ne renoncerait pas. Une force aveugle le poussait vers ces vallées inconnues qui s'ouvraient à eux. Une force qu'il ne contrôlait peut-être plus depuis longtemps...

— En route, dit-il d'une voix sourde.

CHAPITRE VI

Constamment tenus sous le menace des armes thermiques de Raul Beckle et de Bari Trenton, Carl Baum et Chris Landsen ouvraient la marche. Derrière Trenton, suivaient Stensen et un autre homme de l'équipage du *Véga II*, guidant la civière supportée par un champ anti-gravité. Sur la civière, le nommé Klarke râlait faiblement. Un pansement sommaire entourait sa tête, et ses cheveux étaient poissés du sang coulant de sa blessure.

Près de Chris, Carl Baum marchait comme un automate, le regard fixé droit devant lui. Il paraissait avoir pris son parti de la situation, mais Chris qui l'observait à la dérobée se rendit très vite compte que le savant évoluait dans une sorte d'état second. Il s'arrêta soudain, comme s'il hésitait sur la direction à prendre, alors qu'ils approchaient d'un défilé encaissé entre deux parois de roches rouges. Le paysage était d'une beauté saisissante, et une végétation touffue couvrait les pentes des montagnes environnantes. Une brume bleue glissait parfois le long des pentes abruptes, puis disparaissait mystérieusement dans l'air fluide, pour se reconstituer plus loin. Chris Landsen avait l'impression de vivre un moment irréel. Bari Trenton se porta à leur hauteur, le visage crispé.

— Eh bien, Professeur ? interrogea-t-il sèchement.

Carl Baum secouait désespérément la tête.

— Je ne sais plus très bien, bredouilla-t-il. Je ne me souviens pas de ce défilé.

— Cherchez dans votre mémoire, Baum, s'énerva Trenton, et n'essayez pas de nous entraîner dans une mauvaise direction. Gagner du temps ne vous servirait à rien. Pensez à votre femme...

Une expression tendue envahit le visage du savant, qui regardait autour de lui, comme s'il cherchait des points de repère.

— Peut-être de l'autre côté du défilé, soufflat-il. Oui, ce doit être cela... Il y a une autre vallée. Un... un temple de pierres ocre... C'est là que Kaor-Len nous a emmenés. Mais il ne faut pas y aller. Trenton, il faut faire demi-tour, vous entendez ! Je vous supplie de m'écouter. Si nous franchissions ce défilé, un piège infernal va se refermer sur nous. Je le sens !

Il pivota soudain sur lui-même pour faire face au « Commodore » dont les traits commençaient à se déformer sous l'effet d'une brusque colère.

— Vous ne comprenez donc pas ! cria-t-il, soudain véhément. Vous n'avez rien compris ! Ce n'est pas par hasard que nous sommes arrivés sur Krypta !

— Expliquez-nous ça, Professeur, murmura Trenton d'une voix dangereusement radoucie.

— C'est moi qui ai saboté la nef, lâcha Carl Baum. J'avais découvert que vous transportiez une cargaison dangereuse, et… j'ai pu détruire un des dispositifs de sécurité, provoquant ainsi la destruction à retardement des joints d'étanchéités des soutes.

— Bien sûr, Professeur, ricana Trenton, visiblement sceptique. Et vous n'avez pas songé une seule seconde que ce geste vous mettait en danger de la même façon que tous ceux qui se trouvaient alors à bord du *Véga II* ?

— Je savais quel risque je courais, émit sourdement Baum. Mais je n'avais pas le choix. Quand j'ai embarqué à bord du vaisseau, je vous ai dit que je voulais gagner aussi discrètement que possible une des planètes de l'EMGAL. J'ai prétendu que mes recherches avaient attiré sur moi l'attention des autorités de l'Empire. C'est exact, mais seulement en partie.

« En fait, je désirais atteindre Krypta. M'y réfugier pour ne pas avoir à révéler ce que j'avais découvert. Je n'ignorais rien de la translation que vous seriez obligé de programmer pour rallier Mars. Cette translation supra-spatiale nous faisait passer à proximité d'un secteur d'ombre. Le secteur d'ombre à l'intérieur duquel existe ce monde sur lequel nous nous trouvons actuellement. Il fallait que je trouve un moyen pour vous obliger à plonger dans l'inconnu. Si je m'étais contenté de vous indiquer ces coordonnées que j'avais avec moi, vous n'auriez jamais accepté de prendre le risque d'une plongée hors des normes habituelles... »

— Bien vu, gronda Trenton avec une expression mauvaise. En créant à bord une situation irréversible, vous saviez que j'hésiterais beaucoup moins, n'est-ce pas ? Pas le choix, hein ? Ou nous tentions d'atteindre une des planètes périphériques, et nous avions toutes les chances d'être tous morts à l'arrivée, ou nous acceptions de prendre le risque d'un saut dans l'inconnu... C'était bien joué, je le reconnais. Vous avez magnifiquement manœuvré, Professeur ! Mais maintenant, il faut assumer totalement vos propres options. Nous sommes sur Krypta, et ce monde nouveau me passionne. Alors, il ne vous reste plus qu'à jouer le jeu jusqu'au bout, et à nous conduire à ce fameux temple dont vous parliez à l'instant.

« Je veux savoir comment les Kryptiens s'y prennent pour obtenir un résultat aussi spectaculaire avec des gens gravement contaminés par des radiations Mu. C'est exactement le genre de secret qui peut nous rapporter la fortune et la puissance. Et je suis très sensible à ces deux choses, voyez-vous. Je commence à en avoir assez d'être pourchassé à travers les Galaxies par les avisos des Forces Spatiales... Je rêve d'une autre vie, et il me semble de plus en plus que ce monde peut me l'apporter ! »

— Un moment, Bari, intervint Chris. Tu devrais essayer de regarder un peu plus loin que le bout de ton nez... Professeur, pour quelle raison précise avez-vous donc tant tenu à revenir sur Krypta ? En révélant le secret des Kryptiens, vous saviez que vous éveilleriez automatiquement la curiosité de ceux qui se trouvaient à bord de la nef.

Carl Baum le regarda d'un drôle d'air, puis détourna brusquement le regard, fixant la pointe de ses bottes.

— J'ai eu peur pour Sofia, dit-il d'une voix étranglée. Au moment de saboter les circuits de sécurité, il me semble que je ne pensais plus à rien. Il fallait seulement que j'oblige la nef à plonger vers Krypta. Mais quand j'ai compris que mon geste avait eu pour conséquence de mettre la vie de ma femme en péril, j'ai cru que j'allais devenir fou !

— Vous n'avez pas vraiment répondu à ma question, insista Chris. Pourquoi vouliez-vous à tout prix revenir sur Krypta ?

Carl Baum se décida à relever la tête, et à regarder les hommes qui l'entouraient. Une expression de bête traquée envahissait ses traits fatigués.

— Je ne sais pas, lâcha-t-il sourdement. C'est cela, le drame : j'ignore pourquoi cette obsession s'est ancrée en moi. Mais il fallait que je revienne ici d'une façon ou d'une autre ! Et maintenant, je sens que nous devons partir, regagner la nef et fuir ce monde terrible ! Vous entendez, Trenton : *fuir pendant que nous en avons encore la possibilité !*

Trenton émit un rire grinçant.

— Un peu tard, Professeur, déclara-t-il. C'est

avant de saboter les circuits de sécurité du *Véga II* qu'il fallait réfléchir aux conséquences possibles de votre geste. Ne vous faites donc pas tant de soucis. Nous sommes puissamment armés, et même si certaines choses nous échappent encore, ce monde ne semble pas aussi terrifiant que vous semblez le croire... Ou que vous tentez de nous le faire croire, pour rattraper peut-être vos erreurs ?

Il désigna le défilé qui s'ouvrait devant eux et reprit :

— Nous allons franchir ce passage, Baum... Quelque chose me dit que vous êtes dans la bonne direction.

Le visage de Carl Baum parut se fermer.

— Comme vous voudrez, Trenton, fit-il d'une voix redevenue curieusement normale. Après tout, peut-être que nous n'avons plus la possibilité d'arrêter ces choses que nous avons mises en marche...

Chris Landsen observait toujours le savant. Maintenant, Carl Baum capitulait... Ses traits reflétaient tout à coup un fatalisme étrange. Il se remit soudain en marche, sans rien ajouter, mais ses épaules s'étaient voûtées un peu plus quand il s'engagea le premier à l'intérieur de l'étroit défilé... Chris jeta un coup d'œil rapide en direction de Trenton, haussa les épaules et se mit en marche à son tour.

— Voilà qui est mieux, ricana le « Commodore ». Avec un peu de bonne volonté, on finit toujours par s'entendre !

Une angoisse intolérable envahissait Chris

Landsen. Trenton était aveuglé par ses propres ambitions. Il n'était plus en état de s'attarder à certains détails. L'attitude étonnante de Carl Baum... Cette obsession qui l'avait poussé vers Krypta... Et maintenant ce désir inexplicable de fuir. Sans compter la mystérieuse disparition du corps inanimé de Kaor-Len. Trenton balayait tous les obstacles qui se dressaient sur sa route. Il les effaçait de son esprit avec une inconscience déconcertante. Et Chris, lui, avait maintenant la certitude que tout cela était voulu par quelqu'un...

Ils franchirent le défilé sans encombre. La faille étroite, taillée comme un gigantesque coup de hache dans la paroi de pierre rouge, débouchait effectivement sur une nouvelle vallée, et le petit groupe s'arrêta brusquement, saisi par la beauté du site féerique qui s'étendait maintenant sous leurs yeux, limité par un cirque de montagnes bleues, aux sommets couverts d'une neige étincelante sous les rayons du soleil couchant.

— Et c'est cela que vous trouvez terrifiant, Professeur ? ironisa Trenton. Moi, j'ai plutôt l'impression de découvrir un petit paradis ! Un paradis inaccessible pour qui n'en connaît pas le secret !

Carl Baum n'écoutait pas ce que disait le « Commodore ». Son regard était fixé sur l'imposante construction qui occupait le centre de la merveilleuse vallée, comme un joyau posé à l'intérieur d'un écrin de verdure.

— Le temple, souffla-t-il avec une sorte de

crainte respectueuse dans la voix. C'est là que nous a amenés Kaor-Lcn...

Chris regardait lui aussi les curieuses tours crénelées, qui prenaient des tons d'or pur dans la lumière pâlissante du jour. Une grande pyramide tronquée formait le centre du prodigieux édifice, dont toute une partie se reflétait dans les eaux calmes d'un lac.

— En route ! décida Trenton. Nous touchons presque au but, les gars. Ouvrez l'œil... Cet endroit a l'air parfaitement désert, mais on ne sait jamais !

*
* *

Ils approchaient des grandes murailles obliques du temple, quand Carl Baum s'immobilisa une nouvelle fois. Chris, qui marchait près de lui, constata aussitôt que le savant tremblait de tous ses membres. Un tremblement qu'il paraissait incapable de dominer.

— L'irrémédiable va s'accomplir, maintenant, émit-il d'une voix curieusement dépersonnalisée. Nous ne pouvons même plus reculer...

Il se retourna, et son regard dilaté s'agrandit encore. Tendu, Chris tourna lui aussi la tête, pour regarder derrière eux.

— Bon sang !... souff'a-t-il.

Trenton comprit qu'il se passait quelque chose. Il fit lui aussi demi-tour, en portant la main à son pistolet thermique. Mais il n'acheva pas son geste quand il découvrit, incrédule, le spectacle que contemplaient déjà Chris Landsen et Carl Baum. Raoul Beckle et les autres regardaient eux aussi, et la même expression d'incrédulité marquait leurs visages.

Sans qu'aucun d'entre eux ait entendu le moindre bruit suspect, les étranges créatures à crinière flamboyante, identiques à celles qui avaient tiré les chariots des Kryptiens, avaient surgi dans leur dos. Ils pouvaient en dénombrer une dizaine, rigoureusement immobiles, mais ce n'était pas cela qui fascinait les hommes de Trenton... Chacun des monstres à tête de grand saurien était chevauché par une amazone aux seins nus, braquant sur la petite troupe un long tube transparent parcouru d'étincelles mauves qui semblaient courir en permanence à leur surface.

Une des amazones se tenait un peu en avant des autres, et son regard fixait Trenton, dont la main droite reposait toujours sur la crosse du pistolet thermique. Le « Commodore » paraissait hésiter sur la conduite à tenir. Il ne savait pas s'il devait arracher l'arme de son étui, ou lâcher la crosse de métal strié. Il semblait littéralement paralysé par la stupeur.

Chris lui-même sentait qu'il ne pouvait détacher son regard de cette femme à l'expression farouche qui braquait sur eux une arme inconnue. Ses cheveux de feu formaient autour de son visage d'une grande beauté une coiffure gonflante aux boucles minuscules et serrées, et il y avait quelque chose d'implacable dans ses yeux d'un vert lumineux, irréel...

— Ne bougez plus, étrangers, lança-t-elle

d'une voix dure, tandis que ses compagnes
manœuvraient leurs curieuses montures pour
former un demi-cercle parfait devant les hommes immobilisés. Vous avez pénétré dans la
dimension Zarka malgré l'interdiction formelle
qui vous avait été notifiée par Kaor-Len. Il faut
maintenant que vous déposiez vos armes et que
vous nous suiviez. Ten-Sin décidera de votre
sort...

— C'est ça, ma jolie, gronda sourdement
Trenton en serrant plus fort la crosse de son
arme.

Chris réalisa trop tard que le « Commodore »
avait réussi à secouer la bizarre apathie qui
s'était emparée des Terriens à la vue de ces
femmes surgies de nulle part sur leurs surpre-
nantes montures. Quand Trenton arracha son
arme avec un rugissement sauvage, galvanisant
soudain ses hommes, il n'avait pas eu le temps
de le mettre en garde contre le danger que
pouvaient représenter ces tubes transparents
braqués sur leur petit groupe. Trenton ignorait
visiblement cette menace, et il braqua son
pistolet thermique sur la femme qui semblait
être le chef des amazones aux seins nus. Il pressa
aussitôt la détente, mais aucun flux mortel ne
jaillit de l'arme, qui n'émit qu'un ridicule chuin-
tement. Devant eux, la femme qui commandait
les amazones n'avait pas bougé. Un sourire
étirait même ses lèvres au pli sensuel.

— Vous vous excitez inutilement, étranger,
ironisa-t-elle. Aussi perfectionnées qu'elles
soient, vos armes ne peuvent vous être d'aucune

utilité à l'intérieur de la dimension Zarka, comme vous pouvez d'ailleurs le constater ! Il faut vous rendre à l'évidence : vous êtes nos prisonniers...

Elle lança un ordre, dans un langage incompréhensible, et le demi-cercle formé par les montures à crinière flamboyante se resserra sur le groupe des Terriens. Hébété, Trenton considérait son arme inutilisable.

Instinctivement, Chris eut envie de reculer, mais il se sentait incapable de faire ce mouvement que son cerveau lui commandait. Il fixait la jeune femme qui approchait de lui, le visage impénétrable. Elle ne portait pour tout vêtement qu'une courte jupette blanche, remontée sur ses cuisses bronzées. Elle dirigeait vers lui l'extrémité du long tube transparent, et il entendit soudain une douce vibration musicale résonner à ses tympans. Un bourdonnement lénifiant prit naissance sous son crâne, et il perdit très vite la notion des choses qui l'entouraient. Il ne voyait plus que ces yeux immenses, fascinants, et cette chevelure vaporeuse aux tons de flamme ardente... Une pensée étrangère à la sienne s'imprimait dans son cerveau.

— *Je suis Li-Yarn... Troisième prêtresse de Zarka...*

CHAPITRE VII

— Je suis Ten-Sin, première prêtresse de Zarka...

Cette fois, ce n'était pas seulement une émanation mentale qui avait atteint l'esprit de Chris Landsen. Du fond de ce noir où il avait sombré, il était certain que c'était bien une voix humaine qui avait fait vibrer ses tympans.

Li-Yarn... Ten-Sin... Il dut faire un effort violent pour ouvrir les yeux, pour lutter contre le désir de s'abandonner à ce vide qui errait encore autour de lui. Que s'était-il donc passé ? Il y avait eu cette modulation presque agréable, provoquée sans aucun doute possible par les longs tubes que tenaient les amazones, perchées sur leurs curieux mammifères à tête reptilienne, puis cette brève émanation mentale qui s'était imprimée en lui : *Je suis Li-Yarn, troisième prêtresse de Zarka...*

Et maintenant, cette voix aux inflexions profondes, étonnamment chaleureuses.

Chris cligna un moment des paupières dans une lumière qui lui parut d'abord aveuglante après tout ce noir. Il n'avait pas l'impression d'avoir vraiment perdu conscience. Ses pensées avaient continué à défiler dans son cerveau, mais avec une lenteur désespérante. Il avait également la sensation qu'il avait obéi à des ordres précis. Qu'il s'était déplacé par ses propres moyens. Les amazones les avaient seulement neutralisés psychiquement.

La lumière s'atténua progressivement autour de lui et il eut une vision de plus en plus nette des choses qui l'entouraient. Il réalisa qu'il était debout, et qu'il n'avait aucun effort particulier à faire pour maintenir son équilibre. Il tourna la tête lentement, regardant autour de lui comme un homme qui s'éveille d'un long sommeil. Il vit d'abord Carl Baum, à quelques pas de lui, les traits un peu figés, mais conscient lui aussi. Puis Trenton, plus loin. Les autres se tenaient un peu en retrait, dans la même attitude.

Le champ visuel de Chris était limité à ces hommes qui l'entouraient, et à ce sol sur lequel reposaient leurs pieds. Un sol uni, d'un mauve très pâle. Tout autour d'eux, s'étendait une sorte de brouillard ouaté qui commençait à se déchirer par endroits, sans qu'ils puissent encore distinguer nettement ce qu'il leur dissimulait.

Il voulut faire un mouvement, mais ses muscles refusaient d'obéir aux injonctions de son cerveau. La voix féminine se manifesta de nouveau.

— N'essayez pas de bouger pour l'instant... Vous allez peu à peu retrouver toutes vos facultés, provisoirement neutralisées par l'action

des *psykos,* que votre attitude... combative nous
a obligées à utiliser. Soyez patients, étrangers...

Chris tourna de nouveau la tête. C'est apparemment le seul mouvement qui lui était auto-
risé pour le moment. La voix paraissait provenir
de l'intérieur de ce brouillard qui limitait leur
vue, mais il aurait été bien incapable de dire
avec précision où se trouvait la propriétaire de
cette voix mélodieuse ! Il n'éprouvait aucune
impatience. Il fallait attendre ! Il attendait. De
toute façon, le temps était devenu une chose
abstraite, dont il ne pouvait plus mesurer l'écou-
lement...

Quand le brouillard commença à devenir plus
vaporeux, il ne savait pas s'il s'était écoulé
l'équivalent de quelques minutes terrestres ou
un siècle. Il y avait peut-être très longtemps
qu'ils étaient là, figés les uns près des autres,
avec une seule possibilité physique : celle de
tourner lentement la tête de droite à gauche et
de gauche à droite. Leurs regards se croisaient,
empreints de la même incompréhension. Une
certaine crainte brillait dans celui de Carl Baum.
Trenton devait avoir peur, lui aussi, mais cela se
voyait moins. Chris ne ressentait rien de particulier. Ni curiosité, ni angoisse. Il attendait, un
peu comme s'il ne se sentait pas vraiment
concerné par ce qui leur arrivait.

Le brouillard disparut brusquement, et ils
réalisèrent qu'ils se trouvaient au centre d'une
immense salle dont le plafond en voûte transparente laissait pénétrer la lumière du jour. Des
colonnades de pierre soutenaient cette voûte, et

chaque colonne aboutissait au niveau du sol aux
extrémités des branches d'une grande étoile
dont leur groupe occupait le centre.

Les farouches guerrières qui les avaient inter-
ceptés étaient là, bien campées sur leurs jambes
nerveuses, leurs longs tubes étincelants braqués... Un peu plus loin, Chris Landsen aperçut
la civière sur laquelle était toujours étendu
Jason Klarke, inanimé. Une femme, vêtue d'une
longue tunique rouge descendant jusqu'à ces
pieds nus, semblait contempler le blessé. Elle fit
lentement demi-tour pour faire face aux Terriens médusés. Elle était grande, avec un visage
mat, dont la beauté sauvage était soulignée par
une chevelure presque bleue à force d'être
noire, retombant en vagues souples sur les
épaules laissées nues par le décolleté de la
tunique. Ses yeux immenses, sombres comme la
nuit, se posèrent successivement sur chacun des
prisonniers :

— Vous pouvez bouger, maintenant, dit-elle.
Mais je déconseille à ceux qui espéreraient
encore avoir la possibilité de retourner la situation de faire le moindre geste hostile. Vous avez
pu juger de l'efficacité des *psykos*... Je suis Ten-
Sin, première prêtresse de Zarka, et responsable
du clan des Gardiennes de la Vie...

Elle s'avança vers eux, un sourire indéfinissa-
ble errant sur ses lèvres finement ourlées, et fixa
particulièrement Bari Trenton qui s'ébrouait,
visiblement étonné de retrouver une totale
liberté de mouvement.

— Ne cherchez plus vos armes, étrangers,

murmura Ten-Sin. Nous avons jugé plus prudent de vous en débarrasser.

Elle avait eu un geste en direction d'une table de pierre, sur laquelle étaient empilées pêle-mêle les armes de Trenton et de ses hommes. Le regard du « Commodore » se porta dans cette direction. Les armes étaient hors de portée, et une expression rageuse déforma les traits du maître du *Véga II*.

— Qu'attendez-vous de nous ? demanda-t-il.

Le sourire de Ten-Sin s'accentua imperceptiblement.

— Rien, Bari Trenton... Nous n'attendons rien de vous.

Surpris de s'entendre appeler par son nom, le « Commodore » resta sans voix. Ten-Sin ne lui laissa pas le temps de poser une nouvelle question, et enchaîna sur un ton égal :

— Vous avez gravement enfreint les lois de ce monde, étrangers... Vous avez tué... Encore que la mort ne signifie pas exactement la même chose dans votre univers que dans le nôtre. Certains d'entre vous paraissent ignorer que la Vie est la chose qu'ils devraient respecter en tout premier lieu. Vous avez une certaine chance que nos principes nous interdisent absolument la violence. Nous pourrions vous détruire, et cela simplifierait sans aucun doute le problème que vous nous avez posé en faisant brutalement incursion dans une dimension interdite. Mais rassurez-vous, nous avons banni depuis longtemps ce genre de méthode de nos principes de vie.

Elle laissa errer son regard sur le groupe littéralement fasciné par sa beauté et sa tranquille assurance , puis reprit :

— Vous vouliez percer le secret des Kryptiens ? Vous allez être satisfaits, étrangers ! L'homme qui repose sur cette civière est sur le point de mourir, et nos lois nous obligent à tout mettre en œuvre pour le sauver. Il mourra de toute façon, un jour, comme vous et comme moi, mais peut-être que son heure n'est pas encore venue. Nous le sauverons donc, comme nous avons sauvé ceux de vos compagnons amenés vers nous par Kaor-Len...

Chris Landsen fit un pas en avant.

— Qu'est devenu Kaor-Len ? interrogea-t-il. Il était seulement paralysé...

Le regard sombre de Ten-Sin se posa sur lui, et il ressentit un trouble inattendu.

— Kaor-Len n'existe plus. Du moins si on se réfère au sens que vous donnez à l'existence... Les Kryptiens possèdent la faculté de se libérer de leur corps matériel, dans certains cas. Si vous pouviez aborder réellement ce monde que vous ne découvrez qu'avec vos sens mal adaptés à certains milieux, vous seriez sans doute surpris par sa complexité. Mais je crains que vous ne soyez pas en mesure de comprendre certaines choses... Il faudra donc vous contenter de ce que vous percevez actuellement.

« Le spectacle auquel vous allez bientôt assister va certainement vous surprendre. Mais ensuite, quand ce blessé aura retrouvé son équilibre vital, vous devrez vous plier à un traitement un peu spécial, qui effacera de vos mémoires tout souvenir de l'aventure que vous avez vécue sur Krypta, et à l'intérieur de la dimension Zarka, qui est une autre émanation de ce monde que vous ne sauriez comprendre... Quand vous regagnerez votre propre univers, vous aurez tout oublié de Krypta. Nous avions fait une erreur en ouvrant un couloir transférentiel sur l'univers extérieur... »

Ses yeux déviaient en direction de Carl Baum.

— Mais cette erreur a été corrigée. Le couloir de communication directe n'existe plus. Nous avons compris à temps que nos deux univers ne pouvaient pas cohabiter. Il est regrettable que le professeur Carl Baum ait pu retrouver un autre moyen de gagner Krypta. Mais nous veillerons à ce que cela ne puisse plus se reproduire.

Elle fit un geste, et deux des amazones aux seins nus s'emparèrent sans effort apparent du corps de Jason Klarke pour venir le déposer doucement sur une autre civière, faite d'un métal satiné aux reflets mordorés.

— Venez, étrangers, reprit Ten-Sin en désignant de la main une grande ouverture au fond de la salle. Il est grand temps de soumettre votre compagnon au rayonnement des Cristaux de Vie...

***

Solidement encadrés par les amazones, les cinq Terriens se mirent en marche, suivant Ten-Sin qui se dirigeait vers l'ouverture en demi-lune. Deux des Gardiennes de la Vie suivaient, portant la civière métallique. Carl Baum avançait toujours du même pas automatique. Il paraissait presque étranger à ce qui se passait autour de lui.

— Que se passe-t-il, Professeur ? demanda Chris à voix basse.

Le savant parut secouer son apathie, et son regard dévia vers Landsen.

— Je ne sais pas... Il me semble qu'un piège terrible vient de se refermer sur nous. Nous ne pouvons plus y échapper, maintenant.

Il s'était exprimé lui aussi à voix basse, comme s'il craignait que ses paroles ne fussent entendues par leurs gardiennes attentives, mais pas vraiment agressives.

— Surveillez Trenton, souffla encore le savant. C'est de lui que vient le danger. Je suis certain qu'il n'a pas renoncé... *Il ne peut pas renoncer maintenant...*

— Que voulez-vous dire ?

— Rien... Je ne sais pas... Je ne sais plus !

Carl Baum tremblait de nouveau, et sa démarche se fit saccadée.

— Je ne me sens pas très bien, haleta-t-il. Mais ne dites rien. Il ne faut pas qu'elles sachent... Cela va passer. Je sens que vous n'êtes pas comme les autres, monsieur Landsen. Essayez de... d'empêcher Trenton de faire une folie...

Chris s'apprêtait à dire quelque chose, mais ils pénétraient maintenant dans une immense caverne naturelle, au terne d'un long couloir lumineux, et ce qu'il découvrit soudain le cloua sur place. Les parois de la grotte étaient littéralement tapissées de diamants scintillants, qui reflétaient de leurs mille facettes une luminescence venue de nulle part, ou émanant peut-être de leur structure minérale.

Un murmure courut parmi les Terriens. Le regard dilaté, Bari Trenton tournait sur lui-même, contemplant le surprenant spectacle.

— Bon Dieu ! Ce n'est pas possible ! ne put-il s'empêcher de murmurer. Une telle chose ne peut pas exister !

— Cela existe, Bari Trenton, lança Ten-Sin en fixant le « Commodore » avec une expression bizarre. Je crois savoir ce que représentent ces cristaux, dans votre univers. Mais ici, dans la dimension Zarka, leur valeur est totalement différente. Ils ne représentent pas la puissance, ou la richesse... Ils sont...

Une expression radieuse transfigurait la jeune femme quand elle acheva :

— Ils sont la Vie...

Une autre femme apparut soudain au fond de la grotte. Comme Ten-Sin, elle était vêtue d'une longue robe rouge vif, mais un grand cercle doré marquait le tissu au niveau de la poitrine. Un ceinturon métallique, incrusté de diamants minuscules emprisonnait sa taille, et ses cheveux étaient aussi blonds que ceux de Ten-Sin étaient noirs. Chris Landsen n'en revenait pas ! Mise à part la couleur différente de leurs chevelures, on aurait pu prendre les deux femmes pour des sœurs jumelles.

— Ma parole, souffla Raul Beckle, il n'y a que des femmes dans ce foutu temple !

— Ferme-la un peu ! grogna Trenton. Tenez-vous tranquilles...

Chris Landsen se rendit compte que le regard du « Commodore » était fixé sur le fameux ceinturon de la nouvelle arrivante. Un ceinturon auquel pendait un étui de métal, incrusté lui aussi de pierres précieuses, et duquel dépassait le manche d'un long poignard recourbé. Il n'aima pas l'éclat bref qui passa dans les prunelles du commandant du *Véga II*... Carl Baum avait peut-être raison : Trenton ne renonçait pas... Il se déplaça légèrement, de façon à se rapprocher du « Commodore ».

— Mon nom est Aïla, murmura la jeune femme blonde en croisant les bras à l'intérieur des larges manches de sa robe. Prêtresse de Zarka, et responsable du clan des Guides...

Chris nota aussitôt l'attitude soudain respectueuse et presque craintive des farouches guerrières qui les encadraient. Il saisissait mal la position hiérarchique des deux clans l'un par rapport à l'autre. Ten-Sin, elle, avait adopté une attitude neutre qui ne permettait pas de définir ce qu'elle pouvait être par rapport à la nouvelle venue.

— Approchez l'étranger blessé du cristal central ! ordonna Aïla, sans que le moindre sourire ne vienne éclairer son visage étrangement sévère.

Elle s'écarta de quelques pas vers la droite, et Chris Landsen découvrit alors l'amas cristallin qui se trouvait posé sur un socle de pierre blanche, sensiblement au centre de la grotte. Il était certain que ce cristal prodigieux ne se trouvait pas là quand ils étaient entrés... Certaines choses avaient apparemment la faculté d'apparaître et de disparaître mystérieusement dans cette dimension incompréhensible...

Deux des amazones déposaient la civière au pied du socle de pierre.

— Reculez, étrangers, ordonna Aïla. Le rayonnement du Grand Cristal de Vie ne vous est pas destiné...

Les Terriens obéirent, et se retirèrent vers l'entrée de la grotte, jusqu'à ce que les amazones qui les surveillaient leurs fassent comprendre d'un geste qu'ils pouvaient demeurer là où ils se trouvaient maintenant.

Ten-Sin, était restée près de la femme qui lui ressemblait si étrangement, et regardait l'amas cristallin irrégulier qui commençait à s'irradier d'une douce luminescence interne. En quelques secondes, la luminosité émanant du cristal devint presque aveuglante pour les Terriens, regroupés à une dizaine de mètres du socle, puis elle parut diminuer d'intensité, et passa à une couleur dorée, avant de se mettre à fluctuer sur un rythme irrégulier, tandis qu'une modulation aiguë martyrisait les tympans des assistants.

Chris Landsen regardait de tous ses yeux l'incroyable spectacle. Il eut soudain l'impression que le rayonnement, limité jusqu'alors au cristal lui-même, s'étendait peu à peu au-delà du socle de pierre, jusqu'à atteindre la civière où

était étendu Jason Klarke, que Ten-Sin venait
de débarrasser de son pansement taché de sang.
Il distinguait nettement la plaie sanglante qui
marquait le front du blessé. Mais il constata que
le sang avait cessé de couler...

— Nous redonnons la vie à cet homme qui ne
la mérite certainement pas ! lança Aïla... Mais
les étrangers devront se soumettre ensuite à
l'oblitérateur mémoriel, avant de regagner leur
univers.

Alors, il se passa une chose inouïe, devant les
regards stupéfaits des cinq Terriens. La plaie
béante de Jason Klarke était en train de se
cicatriser à une vitesse impensable. Les boursou-
flures qui marquaient la chair disparaissaient, et
la blessure elle-même semblait s'effacer progressivement.

Jason Klarke ouvrit les yeux quelques minutes
plus tard, et se mit à regarder autour de lui avec
une expression incrédule.

— C'est pas croyable ! haleta Stensen, en
regardant Trenton dont les yeux paraissaient
rivés à la silhouette d'Aïla, qui se découpait dans
la fabuleuse aura dorée émanant du cristal. Tu
as déjà vu ça, Bari ? Tu parles d'un truc !...

A quelques mètres d'eux, Ten-Sin se penchait
vers Jason Klarke, et lui parlait doucement sans
que les Terriens puissent saisir ce qu'elle lui
disait. Et Klarke fit un premier effort pour se
redresser. A deux reprises, il retomba sans force
sur sa civière, puis il réussit enfin à se relever,
dans l'impensable lueur dorée, et il fit alors une
chose inattendue. Il s'étira longuement, comme

un homme qui émerge d'un long sommeil, et il se mit à rire joyeusement en regardant ses compagnons massés près de l'entrée de la grotte.

Quand il commença à marcher vers eux, d'un pas encore hésitant, la luminescence issue du cristal parut refluer à l'intérieur de l'étonnant minéral, et disparut en quelques secondes.

Aïla, toujours aussi impassible, le suivait, ses deux bras de nouveau croisés à l'intérieur des manches amples de sa robe rouge. Il était impossible de lire quoi que ce soit sur ses traits.

— Nous avons accompli notre devoir, étrangers, dit-elle d'une voix un peu rauque sur les terminaisons. Maintenant, vous devez vous soumettre à l'oblitérateur mémoriel...

Ce fut le moment que choisit Bari Trenton pour se détacher très naturellement du petit groupe des Terriens, que venait de rejoindre Jason Klarke...

CHAPITRE VIII

Trenton souriait. Aussi incroyable que cela puisse paraître étant donné les circonstances, le « Commodore » paraissait parfaitement détendu, alors qu'il s'avançait vers Aïla.

— Je vois que tout est admirablement prévu pour ce qui nous concerne, émit le maître du *Véga II*. Mais il reste quand même un point que j'aimerais voir éclairci. Bon, nous allons nous soumettre à votre, heu... oblitérateur mémoriel. Je crois que nous n'avons pas tellement le choix, n'est-ce pas ? Mais les autres ? Ceux qui sont restés à l'intérieur de notre vaisseau ?

Un sourire distant se dessina brièvement sur les lèvres d'Aïla :

— Ne vous inquiétez pas pour eux, Barı Trenton. De toute façon, aucun d'entre eux n'est en mesure de retrouver par la suite le chemin de Krypta. Vous, vous possédez les coordonnées cosmiques de ce monde, nous le savons. Mais ce n'est pas un problème. Quand vous aurez été soumis à l'action de l'oblitérateur, vous aurez, imprimé en vous, le désir de détruire cette bande portant les indications découvertes par le professeur Carl Baum. Et Carl Baum lui-même sera alors dans l'impossibilité de les reconstituer. Enfin, l'action de l'oblitérateur ne se limitera pas à vous seuls, étrangers. Nous avons la possibilité d'effacer à distance une partie de la mémoire de vos compagnons. Certes, l'action de l'oblitérateur sera moins efficace, mais vos amis conserveront seulement l'impression d'un rêve vague, d'une chose irréelle qu'ils n'auraient pas vraiment vécue...

— Je vois, soupira Trenton, avec une moue déçue. Savez-vous ce que je regrette en cet instant ?

— Je suppose que vous allez nous le dire ? ironisa Aïla.

Trenton secoua la tête. Chris voyait son visage de trois quarts, et un sentiment bizarre l'envahit. Il n'arrivait pas à déterminer où voulait en venir le « Commodore ». En cette minute précise, les traits de Trenton reflétaient une sorte de regret profond, presque pathétique !

— J'aurais aimé emporter le souvenir de votre beauté, Aïla, émit le « Commodore » d'une voix étouffée. Seulement ce souvenir... Le reste n'était qu'un rêve impossible...

Aïla eut un battement de cils étonné. Elle fixait Trenton, et son visage perdit progressivement son expression sévère. Un sourire un peu mélancolique erra sur ses lèvres :

— Je crains que cela ne soit pas possible, Barı Trenton, dit-elle, d'une voix qui trahissait un certain trouble. Il n'y a pas d'hommes dans la dimension Zarka... Il n'y a pas de femmes dans la partie extérieure de Krypta. Les communautés doivent vivre séparées. C'est la Loi. Les règles qui régissent ce monde doivent vous paraître aberrantes, n'est-ce pas ? Mais c'est ainsi. Etouffez ce sentiment qui vient de naître en vous, Bari Trenton. Il ne peut déboucher sur rien de cohérent. Les femmes de Zarka ont accepté la mission vitale qui leur incombe depuis très longtemps. Elles doivent se contenter d'attendre l'unique nuit qui s'étend sur Krypta pour rencontrer ceux qui vivent de l'autre côté du dôme magnétique... C'est ainsi que se perpétue la vie dans cet univers. Celles qui ont la chance d'être fécondées au cours de cette nuit unique élèvent leurs enfants à l'intérieur de la dimension Zarka, jusqu'au jour ou intervient la séparation... Les enfants mâles sont reconduits à l'extérieur de la barrière, et rejoignent le clan des Kryptiens... Vous voyez, Bari, il vous serait impossible, à vous tous, de vous plier à ces règles. Voilà donc pourquoi il est préférable que vous n'emportiez aucun souvenir de notre monde...

— Je comprends, murmura Trenton, en baissant la tête, avec un air de vaincu.

Les nerfs tendus à se rompre, Chris Landsen le regardait toujours. Cette attitude ne pouvait pas ressembler à celle qu'aurait dû logiquement adopter le « Commodore ». Une impulsion irrésistible le poussa à faire deux pas en avant, et il s'écria :

— Attention ! Cet homme est en train d'endormir votre méfiance. Il ne pense pas un mot de ce qu'il dit. Il va...

Il n'eut pas le temps d'en dire plus. Brusquement, Trenton avait franchi sans crier gare les deux ou trois pas qui le séparaient d'Aïla. Tout se passa alors avec une rapidité inouïe. Avant que la jeune femme médusée ait pu faire un geste, il l'avait ceinturée, arrachant dans le même mouvement le long poignard courbe qu'elle portait à la ceinture. Maintenant la prêtresse de Zarka contre lui de son bras libre, Trenton appliqua le tranchant de la lame sur la gorge offerte, et ses yeux devinrent d'une dureté minérale :

— Que personne ne bouge ! cria-t-il d'une voix hystérique. N'essayez pas d'utiliser vos armes. J'aurais quand même le temps de lui trancher la gorge ! Ten-sin ! Rejoignez les autres !

L'interpellée se trouvait à gauche de Trenton, fixant la scène d'un œil incrédule.

— Obéissez ou je la tue ! hurla Trenton.

— Faites ce qu'il demande, lança Aïla d'une voix étranglée. N'essayez pas d'intervenir.

Ten-Sin se déplaça lentement vers le groupe des amazones, paralysées par la stupeur.

— Raul, Stensen ! Récupérez les armes, vite ! ordonna Trenton. Klarke ! Le cristal ! Prends-le ! Et vous, les filles, lâchez en vitesse vos foutus tubes ! Allez, vite !

— Obéissez, murmura Ten-Sin d'une voix altérée.

Les amazones abandonnèrent à regret leurs longs tubes parcourus d'étincelles crépitantes. Instantanément les étincelles cessèrent de parcourir les armes étonnantes.

— Et maintenant, regroupez-vous au fond de la grotte, ricana Trenton.

Les muscles douloureux à force de tension, Chris Landsen serrait désespérément les poings, sans quitter du regard Trenton et sa captive, qu'il maintenait toujours fermement contre lui. Aïla était totalement passive, ce qui était assez logique dans la situation où elle se trouvait. Mais ce qui l'était moins aux yeux de Chris, c'était l'expression de son visage. La prêtresse de Zarka ne paraissait pas éprouver la moindre émotion, ni la moindre crainte. Il sembla même à Chris qu'elle ne ferait rien pour compliquer les choses à Trenton... Une impression curieuse...

Derrière Trenton, Jason Klarke s'emparait du cristal, à peine plus gros que le poing. Le minéral n'émettait plus aucune lueur particulière.

— Et si on prenait également quelques-uns de ces diamants ? suggéra Stensen, le regard dilaté par la convoitise.

— Aucun intérêt, gronda Trenton. Avec ce cristal, nous pouvons devenir les maîtres de l'univers ! A lui seul, il nous rapportera plus de diamants que vous n'en n'avez jamais contemplé de votre chienne de vie ! Raul... Ten-Sin doit avoir sur elle la pierre de Kaor-Len. Fouille-la. On en aura besoin pour franchir le barrage magnétique.

Chris se demandait comment le « Commodore » pouvait affirmer que c'était Ten-Sin qui possédait maintenant la fameuse pierre capable de neutraliser momentanément le dôme de protection. Certaines choses lui échappaient totalement. Ils étaient pratiquement inconscients quand les Amazones les avaient désarmés, et Trenton ne pouvait pas savoir laquelle des femmes avait récupéré sur lui la fameuse pierre ! Ni qu'elle l'avait remise à Ten-Sin.

Raul Beckle s'approcha de Ten-Sin, l'œil ironique et la main tendue devant lui.

— Allez, ma belle... Tu as entendu ce qu'il a dit ?

Le visage figé, Ten-Sin plongea la main dans une poche latérale de sa longue robe rouge et en sortit la pierre de Kaor-Len. Raul Beckle s'en empara avec une expression triomphante.

— Tout va bien, « Commodore » lança-t-il. On va pouvoir mettre les bouts !

— Comme tu dis ! rigola méchamment Trenton. Ecoutez, les filles... Ecoutez bien parce que je ne répéterai pas deux fois ! Nous allons sortir d'ici, et pas une d'entre vous ne bougera de cette grotte. A la moindre tentative de votre part, je tue Aïla sans aucune hésitation. Nous n'avons plus grand-chose à perdre, vous savez !

Il commença à se déplacer vers l'entrée de la grotte, tandis que ses hommes braquaient leurs armes sur le groupe des amazones immobiles au fond de la grotte.

— Tu ne t'en sortiras pas, Bari, intervint

Chris. Tu ferais mieux de renoncer pendant qu'il est encore temps.

— Tiens, je t'avais oublié, beau blond ! Tu as encore essayé de m'avoir, salaud ! Quelque chose me dit que c'était une fois de trop ! Tu deviens vraiment encombrant, tu sais...

Son regard devint d'une dureté incroyable, et il lança soudain :

— Raul... Fous-le en l'air. Je l'ai assez vu !

Chris s'élança vers la gauche au moment où Raul Beckle faisait pivoter vers lui le tube de tir de son pistolet thermique. Il plongea sur le sol à la seconde précise où le bandit écrasait la détente de son arme, et roula à l'abri du socle de pierre qui avait supporté le fameux cristal, maintenant entre les mains de Jason Klarke. Une pensée rapide venait de défiler dans son esprit. Les armes... Elles ne pouvaient pas fonctionner à l'intérieur de la dimension Zarka !... Ten-Sin l'avait affirmé, alors que les amazones les tenaient en respect.

La décharge thermique jaillit pourtant de l'arme brandie par Raul Beckle. L'espace d'un éclair, Chris comprit qu'il était perdu. Les armes fonctionnaient de nouveau ! Il eut le temps de comprendre que c'était l'action des *psykos* manipulés par les amazones qui avait provisoirement neutralisé celle des pistolets thermiques, à l'extérieur du temple. Le socle de pierre se pulvérisa sous l'effet de la formidable chaleur rayonnante, et il sentit un souffle brûlant l'envelopper. Un hurlement de souffrance franchit sa gorge, et il éprouva la morsure terrible des flammes qui l'environnaient. Il se recroquevilla désespérément sur lui-même, et perdit conscience.

— Il a son compte, ricana Raul Beckle. On dégage ?

Trenton fixait Carl Baum, toujours immobile au même endroit. Le savant était d'une pâleur mortelle, et regardait le corps atrocement brûlé de Chris.

— Nous, on dégage, murmura durement le « Commodore ». Mais lui, il reste !

Tandis qu'il refluait vers la sortie, maintenant toujours contre lui une Aïla parfaitement passive, Raul Beckle pressa une nouvelle fois la détente de son pistolet thermique. Carl Baum n'avait même pas tenté d'éviter la terrible décharge qui lui était destinée. Touché de plein fouet par le flux thermique, il ne fut plus en une fraction de seconde qu'un amas de charbon calciné.

— Ça n'était pas vraiment nécessaire, murmura Aïla avec une sorte de sanglot étouffé dans la voix. Vous êtes ignoble, Bari Trenton...

— C'est ça, ma jolie, grogna Trenton en lui faisant franchir à reculons l'entrée de la grotte. Je suis peut-être ignoble, mais je suis le plus fort. Tes copines ne semblent pas vouloir qu'il t'arrive des ennuis ! Elles sont d'une parfaite docilité. Comme otage, on ne pouvait rêver mieux. C'est drôle, tu sais... J'ai nettement l'impression que nous sommes faits pour nous entendre, tous les deux ! Je le sais depuis l'instant où je t'ai vue. Je suis également prêt à parier que ces petites garces ne tenteront rien tant que tu seras en mon pouvoir. Je me trompe ?

— Elles ne tenteront rien, en effet, lâcha Aïla. Si je mourais maintenant, le cristal que vous emportez mourrait en même temps que moi. Vous n'auriez plus entre les mains qu'une pierre banale et sans le moindre intérêt... Mais les Cristaux de Vie ne doivent pas mourir. Tu ne le sais pas encore, Bari Trenton, mais tu es au seuil d'une fabuleuse aventure...

— C'est bien mon avis, ricana le « Commodore ». Maintenant, tu vas nous indiquer le chemin pour sortir de ce foutu temple, n'est-ce pas ?

— Bien sûr... Mais il n'est même plus nécessaire que tu me menaces de cette arme...

— N'allons pas trop vite en besogne, grogna Trenton. Dans l'immédiat, j'aurais quand même tendance à me méfier. Mais finalement, on pourra peut-être s'entendre tous les deux. Plus tard... Je ne mentais pas, tout à l'heure, quand je te disais que tu me plaisais... Nous avons un sacré bout de route à faire ensemble !

— Je t'accompagnerai, Bari, souffla Aïla.

Ils sortaient maintenant du temple. Trenton constata que le soleil était de nouveau très haut dans le ciel.

— Ça colle, on dirait, lança Stensen. Pas une de ces femelles n'a bougé le petit doigt. C'est presque trop facile, hein, « Commodore » ?

— Gardez quand même l'œil ouvert, les gars. Il faut maintenant franchir le barrage magnétique et regagner la nef. J'espère que les autres ont exécuté mes ordres à la lettre, et que l'hélio nous attend dans les parages.

*
* *

L'héliocar se trouvait à l'endroit convenu, à demi dissimulé par les branches basses d'un arbre énorme. Le franchissement du dôme de protection s'était effectué sans encombre, et les fuyards se ruèrent vers l'appareil dont les générateurs ronronnaient déjà.

Tandis que l'appareil virait pour reprendre la direction du *Véga II,* Trenton se détendit enfin, et relâcha son étreinte, presque à regret. Le contact de ce corps féminin, plaqué contre le sien n'avait rien de désagréable, bien au contraire ! Il laissa son regard errer en direction des montagnes bleues.

— Quelque chose me dit qu'on reviendra un jour ou l'autre, dit-il. Maintenant, ce monde nous appartient...

*
* *

Ils ne rencontrèrent aucun Kryptien durant le parcours, et tout était parfaitement calme aux abords du vaisseau spatial quand l'héliocar s'engouffra dans un des sas béants. Un des officiers du bord les accueillit alors que le sas se refermait automatiquement.

— On commençait à se faire des cheveux ! lança-t-il. Bon sang !... Qui est cette femme ?

— Ça va, éluda Trenton. On t'expliquera

plus tard. Dans l'immédiat, prends le commandement de la nef, et programme un décollage
immédiat. Les coordonnées de vol sont enfermées dans le coffre central. Tout est paré à
bord ?

— Tout est paré, « Commodore ».

— Raul... Conduis Aïla dans ma cabine, et
ne la quitte pas des yeux. Jason... Tu l'accompagnes, et tu déposes le cristal dans ma cabine
également. Exécution.

— Et la femme de Carl Baum ? interrogea
l'officier.

— Où est-elle ?

— Dans une des cabines, avec Pierson.

— On verra plus tard. Elle est veuve, maintenant. Mais je n'ai pas encore décidé de son
sort...

Il parut réfléchir quelques secondes, tandis
que Raul Beckle et Jason Klarke entraînaient
Aïla vers une coursive faiblement éclairée, puis
demanda :

— Et l'isolation des soutes ?

— On a réparé du mieux qu'on pouvait en
vous attendant, répondit l'officier, avec une
moue dubitative. Mais je crains qu'on n'ait de
nouveau des ennuis à plus ou moins longue
échéance.

— Bon. Dès que nous serons partis d'ici, on
larguera cette foutue cargaison dans le vide.

— Hein ? Mais il y en a pour une fortune !

— Ne t'excite pas, gars, ricana Trenton. On
n'a plus besoin de prendre des risques en
transportant de pareilles saloperies. On va avoir

la belle vie, à présent. Fais-moi confiance ! Les grands pontes de l'EMGAL viendront ramper à nos pieds dès qu'ils auront besoin de prolonger un peu leur misérable vie ! Nous emportons avec nous le secret des Kryptiens, et une femme qui nous en révélera le mode d'emploi ! De gré ou de force !... Amène-toi. Je vais te donner la carte de programmation.

*
* *

Le *Véga II* émergea normalement du supra-espace, au terme d'une translation sans problème, au cours de laquelle Trenton s'était débarrassé de son chargement dangereux. Le « Commodore » regagna sa cabine, tandis que les officiers de quart assuraient la navigation en direction d'un planétoïde de l'EMGAL provisoirement à l'abri des investigations des Forces Spatiales de l'Empire. Sur cette station, investie depuis des années par tout ce que l'EMGAL comportait de bandits de toutes races et de tout poil, Trenton comptait bien trouver suffisamment d'hommes prêts à tout, afin de retourner en direction de Krypta pour y établir définitivement son quartier général. Les amazones ne pèseraient pas lourd devant une flotte d'invasion solidement équipée...

Tout naturellement, il fit part de son projet à Aïla, toujours enfermée à l'intérieur de sa cabine. La jeune femme ne fit aucun commentaire. Elle regardait le prodigieux cristal, posé sur une console transparente.

— Il est beau, murmura Trenton, fasciné par l'éclat du minéral.

Pour la première fois, Aïla émit un rire perlé, presque insouciant.

— Il est beau, en effet, mais tu ignores encore tout de lui, Bari...

Trenton eut un geste en direction de la femme qui se tenait debout devant lui. Comme s'il avait voulu la prendre dans ses bras, Pourtant, son geste s'arrêta net, et une expression hésitante s'étendit sur ses traits lourds.

— J'ignore effectivement pas mal de choses, fit-il dans un rictus. Mais je compte sur toi pour me les apprendre. C'est aussi pour cela que je t'ai emmenée. Tu es à ma merci, Aïla chérie !

— Le crois-tu vraiment, Bari ? sourit la jeune femme. Crois-tu vraiment que tu as mené à ta guise toute cette aventure ? Si j'avais voulu, tu serais toujours à l'intérieur de la dimension Zarka... Tu aurais sans doute oublié ce que tu étais venu y faire, et nous t'aurions laissé repartir vers ce monde où tu crois m'entraîner de par ta seule volonté.

— Que veux-tu dire ? questionna Trenton, soudain mal à l'aise.

— Carl Baum lui-même n'est pas revenu de son plein gré sur Krypta, Bari, murmura doucement la jeune femme. *Il fallait qu'il y revienne...*

— N'essaie pas de m'endormir avec une fable qui ne tient pas debout, s'emporta le « Commodore ».

— Je n'essaie pas de t'endormir, Bari. Je t'explique... Nous allons nous quitter, maintenant, que tu le veuilles ou non. C'est ici que nos routes se séparent.

Furieux, Bari Trenton arracha l'arme qui pendait à son ceinturon.

— Essaie seulement de faire un pas en direction de la sortie, et je te transforme en charbon ! gronda-t-il.

Aïla souriait toujours, et une flamme amusée errait dans ses prunelles claires.

— Tu es complètement idiot, souffla-t-elle. Tu ne réalises même pas que tu as servi mes projets, et non les tiens. Peut-être réaliseras-tu, un jour... Regarde bien ce cristal, Bari... Il est indestructible... Tu seras son esclave jusqu'à la fin de tes jours. Adieu, Bari Trenton. J'ai été heureuse de faire ta connaissance.

Ce qui se passa alors dans la cabine de Bari Trenton, dit le « Commodore », dépassa l'imagination. Devant ses yeux agrandis par la stupeur, le corps d'Aïla devint progressivement une image étrangement fluide, transparente comme un fantôme. Le rouge de la robe disparut, comme s'il se diluait dans l'air ambiant. Pendant quelques secondes, il subsista à l'endroit où se trouvait la jeune femme une curieuse aura pâle, puis Trenton se retrouva seul à l'intérieur de sa cabine, l'esprit en déroute. Sur la console, le fabuleux Cristal de Vie scintillait violemment, et il recula devant cette luminescence qui blessait son regard, mais qu'il ne pouvait s'empêcher de contempler d'un regard exorbité.

— *Tu seras son esclave jusqu'à la fin de tes jours...*, murmurait toujours en lui la voix d'Aïla, prêtresse de Zarka, et responsable du clan des Guides...

DEUXIÈME PARTIE

CHAPITRE IX

Chris Landsen rêvait.

La sensation de ce rêve était venue lentement, après le noir opaque du gouffre insondable dans lequel il avait plongé. Il ne se souvenait plus très bien de ce qui s'était passé avant le noir. Il savait seulement que c'était grave, mais il n'arrivait pas à accorder une importance exagérée aux événements qui avaient précédé sa chute vertigineuse. Il avait sans doute perdu connaissance.

Des noms erraient dans sa mémoire. Aïla... Ten-Sin... Trenton... Ah ! oui, Trenton. C'était cela le plus important. Il fallait absolument qu'il trouve un moyen de coincer ce type. On lui avait confié une mission précise, et il devait la mener à bien : obliger Bari Trenton à commettre une faute, et avertir Pavel. Il y avait trop longtemps que Trenton jouait à cache-cache avec les lois de l'Empire. Mais qui était Pavel ?... Il n'arrivait pas à se souvenir avec précision. Sans doute à cause de ces images qui défilaient constamment dans son esprit. Des montagnes bleutées dans le crépuscule limpide... Des femmes, vêtues d'une courte jupe, chevauchant des animaux bizarres. Elles avaient les seins nus et leurs cheveux flottaient derrière elles au vent de leur course.

— *Il ne sera pas facile à avoir, Chris, et tu vas devoir prendre des risques impensables... S'il se doute que tu travailles pour nous, il n'hésitera pas un seul instant.*

L'homme aux cheveux gris faisait partie de son rêve. Il le regardait calmement. Pavel... C'était Pavel Bowsky. Les souvenirs affluaient maintenant, balayant les images irréelles de son rêve. Il se remémorait parfaitement le dernier entretien qu'il avait eu à Terrapolis, avec l'homme aux cheveux gris. Cet homme était le chef suprême des Forces de Contrôle Spatial de l'Empire Galactique...

— J'ai quand même envie d'essayer, Colonel. Avec les fausses recommandations de cette crapule de Tiriak, Trenton ne se méfiera pas...

Le visage grave de l'homme aux cheveux gris disparut, et tout bascula de nouveau autour de Chris Landsen. Les événements qu'il avait vécus ensuite défilaient sur l'écran de sa mémoire. Carl Baum... Les radiations... Krypta, puis le temple à l'intérieur de la dimension Zarka ! Il hurla quand Raul Beckle écrasa la détente de son pistolet thermique, et que les flammes dévorantes enveloppèrent une nouvelle fois son corps.

Mais cette fois, le noir ne l'engloutissait pas. Il ne ressentait pas vraiment cette souffrance atroce qui l'avait précipité dans le néant.

— Je dois être mort, dit-il tout haut.

Un rire léger frappa ses tympans.

— *Tu n'es pas mort, Chris Landsen, mais il s'en est fallu de peu...*

Cette voix, il la connaissait ! Il était certain de l'avoir déjà entendue. Il fallait qu'il ouvre les yeux. Il fit un effort démesuré, et retrouva soudain la lumière du jour. Hébété, il cligna un moment des paupières. Tout était encore un peu flou autour de lui, mais il éprouvait la sensation d'une présence toute proche. Le voile se déchira soudainement, et il réalisa qu'il était étendu sur une couche moelleuse, dans une pièce spacieuse et claire. A sa gauche, il y avait une grande ouverture rectangulaire, par laquelle pénétrait l'air parfumé du dehors.

— Comment te sens-tu, Chris Landsen ?

Il tourna la tête vers la droite, et reçut le choc des deux grands yeux noirs posés sur lui. Ten-Sin...

— Je me sens parfaitement bien dit-il, en articulant difficilement les mots. Juste un peu sonné.

— On le serait à moins, soupira Ten-Sin en se levant. Ces armes que vous utilisez sont véritablement terrifiantes. Mais tu as eu plus de chance que le professeur Carl Baum. Le socle du Cristal de Vie t'a en grande partie protégé de ce feu ardent qui peut jaillir de vos armes.

Chris se souvenait des brûlures atroces qui avaient mordu sa chair. Il se dressa sur sa couche, et constata qu'il ne portait maintenant pour tout vêtement qu'une sorte de pagne tressé, identique à celui que portaient les Kryptiens.

— Tes vêtements étaient dans un tel état que nous avons dû te les enlever par lambeaux, expliqua Ten-Sin. Je viens de demander qu'on t'apporte de quoi te vêtir plus... normalement.

Chris faisait jouer ses muscles. Son corps ne portait plus aucune trace de brûlure. Pourtant, la décharge qui avait pulvérisé le socle du cristal devait avoir fait des ravages sur tout son corps, exposé à la terrible chaleur du flux thermique.

— C'est prodigieux, souffla-t-il. Vous m'avez soumis aux...

Il n'acheva pas sa phrase, et secoua la tête.

— Non. Ce n'est pas possible, puisque Trenton et ses hommes ont emporté le Cristal...

— Ils l'ont emporté, en effet, murmura Ten-Sin. A l'heure qu'il est, votre vaisseau a quitté Krypta. Trenton s'est enfui en emportant le Cristal de Vie. Il a également emmené Aïla avec lui... Nous n'avons rien pu faire pour empêcher cela. Mais ce cristal n'est pas unique. Heureusement pour toi, Chris Landsen...

— Ne m'appelle pas toujours Chris Landsen, sourit Chris.

— Mais..., s'étonna la jeune femme, c'est pourtant ton nom ?

— Bien sûr. Mais dans le monde d'où je viens, il est courant de ne prononcer que la première partie de ce nom : Chris... Du moins, entre amis. Et je ne suis pas ton ennemi, Ten-Sin...

— Je sais, murmura la jeune femme. Mais tu

étais quand même avec ces hommes. Carl Baum non plus n'était pas notre ennemi. Pourtant, il a amené ces hommes sur Krypta... Et ils sont repartis, en emmenant Aïla et le Cristal de Vie... Il en existait deux, à l'intérieur de Zarka. Nous t'avons soumis de justesse au rayonnement vital du second. Malheureusement, nous n'avons rien pu faire pour Carl Baum...

Elle eut une moue hésitante qui la faisait ressembler à une petite fille, et demanda :

— Doit-on dire seulement « Carl » pour lui aussi ?

Chris jeta ses deux jambes hors de la couchette et se leva sans éprouver autre chose qu'un léger vertige. Il fit un geste vague, et son visage s'assombrit.

— Oh, pour lui, cela n'a plus beaucoup d'importance, maintenant... Je suppose que Trenton a emmené également la femme de Carl Baum ?

— Tu es le seul étranger à être demeuré ici, répondit Ten-Sin.

Elle s'apprêtait à ajouter quelque chose quand une tenture s'écarta, livrant le passage à une des amazones aux seins nus, portant sur ses bras tendus un vêtement d'un jaune très vif. Ten-Sin s'en empara et le tendit à Chris.

— Essaie ce vêtement. Il a fallu le fabriquer à tes mesures. Cela devrait correspondre à peu près à la tenue que tu portais en arrivant ici.

Chris étendit le vêtement devant lui. Il s'agissait en fait d'une combinaison spatiale sensiblement identique à celle qu'il avait l'habitude de porter, mais le tissu était d'une finesse et d'une souplesse remarquables.

Il regarda Ten-Sin, étonné.

— Il n'y a aucun système de fermeture...

La jeune femme sourit, et reprit le vêtement. Chris la regardait faire. Il eut l'impression qu'elle déchirait simplement le tissu, sur le devant de la combinaison.

— Tu peux l'enfiler de cette façon, expliqua-t-elle. Ensuite, il te suffira de rapprocher les deux bords. Je t'attends à l'extérieur...

Elle lui rendit le vêtement, et se retira en compagnie de l'autre jeune femme. Chris se gratta le sommet du crâne en regardant la tenture qui venait de retomber. Il se sentait vaguement troublé par la présence de ces deux femmes, dont l'une exhibait sans aucune gêne une poitrine particulièrement agréable à regarder !

Il entreprit de se débarrasser du pagne tressé, et enfila rapidement la combinaison souple. Elle s'ajustait parfaitement à son corps, et le contact sur sa peau était très agréable. Il rapprocha les bords du tissu synthétique, et constata qu'ils adhéraient l'un à l'autre. Il passa la main sur le joint qui disparaissait peu à peu.

— Amusant, fit-il à mi-voix...

Un ceinturon fait d'une matière ressemblant à du cuir animal était posé sur la couchette. Il le boucla autour de sa taille, et se regarda dans le grand panneau qui formait miroir à droite de la baie.

— Et ça ne manque pas d'allure, constata-t-il.

Il pivota sur ses talons emprisonnés dans la même matière souple et marcha vers la tenture qu'il souleva. Il devait se trouver à l'intérieur de ce fameux temple qu'ils avaient découvert au sortir du défilé, du moins s'il devait en juger par les pierres ocre jaune qui formaient les parois d'un long couloir rectiligne. Il hésitait sur la direction à prendre quand Ten-Sin apparut de nouveau, dans l'encadrement de pierre d'une ouverture latérale. Il lui sourit et marcha vers elle. Le visage de la jeune femme était anormalement grave.

— Suis-moi, Chris, dit-elle. Je dois maintenant te conduire vers Zaïna...

— Qui est Zaïna ? demanda Chris en le suivant.

— Elle est maintenant la responsable du clan des Guides de Zarka, souffla Ten-Sin, puisque Aïla n'est plus là.

— Est-ce qu'elle te ressemble autant qu'Aïla ? interrogea Chris.

— Non. Aïla était ma sœur... Du moins, elle a eu le même père que moi. C'est sans doute ce qui explique notre ressemblance. Cela arrive, parfois. J'imagine que dans votre monde, cela se produit également ? Mais, en fait, nous n'avions rien de commun, Aïla et moi. Toute jeune, elle a été destinée au clan des Guides.

— Je comprends mal vos histoires de clans, émit Chris.

— Le clan des Guides veille directement sur les Cristaux de Vie, expliqua Ten-Sin. Ce sont les femmes de ce clan qui déterminent toutes les

options essentielles. Elles connaissent les grands
secrets que nous devons continuer à ignorer.

Ils bifurquaient dans un nouveau couloir
interminable. Ten-Sin resta silencieuse durant
quelques secondes, puis reprit :

— Le clan des Gardiennes de la Vie est
seulement chargé d'assurer la... sécurité de
Zarka. D'en interdire l'accès, et d'assurer la
subsistance de la communauté. Les Kryptiens du
monde extérieur cultivent les champs, et élèvent
les animaux que nous utilisons.

— Ce n'est pas un peu pesant, comme système ? demanda innocemment Chris.

Un sourire un peu triste étira les lèvres
sensuelles de Ten-Sin.

— Je ne saurais répondre à cette question,
éluda-t-elle.

Chris n'insista pas. Ils pénétraient d'ailleurs
dans une grande salle qui ressemblait un peu à
celle où les Terriens avaient repris conscience
après leur interception par les amazones. Des
fourrures d'animaux recouvraient en partie le
sol dallé, et des tentures dissimulaient la plupart
des murs obliques. Chris songea qu'ils devaient
se trouver à l'intérieur de l'espèce de pyramide
tronquée qu'ils avaient pu contempler une fois,
de l'extérieur.

A leur arrivée, une femme très brune quitta le
curieux trône serti de diamants qu'elle occupait
et s'avança vers eux, altière. Elle portait la
même robe rouge frappée d'un grand cercle
doré qu'Aïla portait quand elle était apparue à

l'intérieur de la grotte, et son visage était empreint d'une certaine gravité.

Ten-Sin s'inclina légèrement devant elle, et s'effaça de côté, désignant Chris :

— Voici l'étranger venu de l'univers extérieur, Zaïna, dit-elle d'une voix bizarrement contenue. Nous sommes l'un et l'autre à ta disposition.

*
* *

Zaïna resta un moment silencieuse, en contemplant Chris Landsen d'un air pensif. Elle était belle, mais elle était certainement plus âgée que Ten-Sin et ses amazones. Son visage au teint mat reflétait une certaine sagesse.

— Tu es Chris Landsen, n'est-ce pas ? dit-elle. Ten-Sin m'a parlé de toi, en termes chaleureux, alors que tu luttais contre la mort. Tes réactions tendraient à prouver que tu ne ressembles pas exactement à ces hommes qui ont emporté un des Cristaux de Vie... Pourquoi ?

La question surprit quelque peu Chris. Il gratifia Zaïna d'un regard direct :

— Trenton et ses hommes ne sont pas forcément semblables à tous les humains qui peuplent les grandes galaxies extérieures, dit-il. Ils seraient même plutôt le rebut de notre univers. J'étais chargé par les autorités compétentes de tout mettre en œuvre pour neutraliser leurs actions de pirates du cosmos. Mais j'ai échoué... Disons que je suis resté désarmé devant les événements imprévisibles qui ont modifié l'aspect de ma mission. Carl Baum...

— Carl Baum n'a été qu'un instrument dans ce drame, coupa Zaïna. Maintenant que se sont accomplies ces choses que nous n'avons pas voulues, tu as le droit de savoir, étranger... Il faut tout reprendre depuis le début. Depuis le jour où le professeur Carl Baum est arrivé ici, sur Krypta...

Elle parut réfléchir un instant, puis reprit :

— Carl Baum croyait avoir découvert l'existence du couloir transférentiel, mettant en communication notre monde et le tien, étranger. En fait, cette découverte n'était pas tout à fait un hasard. C'est Aïla qui avait décidé d'ouvrir un passage de communication directe avec l'univers extérieur, malgré l'opposition des autres membres du Clan des Guides. Nous avons tout fait pour nous opposer à la création de ce couloir, mais Aïla détenait le pouvoir absolu, et nos lois nous interdisaient de nous dresser ouvertement en travers de sa route. Nous avons seulement tenté de la dissuader de mettre en contact deux mondes trop différents l'un de l'autre.

« Cette tentative a échoué. Carl Baum a été capté par le couloir transférentiel, et il est arrivé sur Krypta, dans un tel état que nous avons dû le soumettre de toute urgence à l'action du rayonnement vital des Cristaux de Vie. C'est seulement à partir de ce moment que nous avons pu nous faire une idée précise de ce qu'était votre univers. Et cela, à travers la personnalité de Carl Baum. De quoi nous inciter à la méfiance, j'ai le regret de te le dire. Devant l'opposition violente qui s'est déchaînée au sein du Clan des Guides, Aïla a dû reculer. Elle n'a pas pu empêcher que le couloir transférentiel soit supprimé, aussitôt après que Carl Baum eut été renvoyé dans sa dimension d'origine.

« Théoriquement, toute trace du souvenir de ce qu'il avait vu sur Krypta aurait dû être effacée de l'esprit de Carl Baum, mais je suppose qu'Aïla n'avait pas désarmé. Il est fort probable, à la lumière des derniers événements, qu'elle a pu soustraire partiellement Baum à l'action de l'oblitérateur mémoriel. Mieux, elle s'en est servi pour prendre le savant sous son contrôle personnel, à seule fin qu'il trouve par la suite une autre route pour gagner Krypta. Nous avons aujourd'hui la certitude qu'Aïla avait formé le projet de quitter la dimension Zarka pour gagner l'univers extérieur, en emportant avec elle le fabuleux secret dont elle était une des rares détentrices : celui des Cristaux de Vie. Mais elle s'était probablement rendue compte que le couloir transférentiel n'était pas accessible à la structure complexe des Cristaux...

« C'est pour cette raison qu'elle a semblé faire amende honorable et accepté que le couloir soit suprimé. Elle savait sans doute déjà que Carl Baum n'aurait plus qu'une obsession : retrouver l'autre route menant vers Krypta, et cela en fonction des observations qu'il avait pu faire librement au sein de ce monde. Et ce qu'elle espérait s'est produit. Carl Baum est revenu sur Krypta, en compagnie de ces hommes sans scrupule qu'Aïla n'a eu par la suite aucune peine à manipuler.

« Elle a subjugué Bari Trenton, dès l'instant où elle s'est trouvée en sa présence, et tous les actes qu'il a pu effectuer par la suite, elle les avait prévus. Elle a fait ce qu'il fallait pour qu'il la prenne comme otage, en sachant pertinemment que nous ne pouvions absolument pas mettre sa vie en péril par une action désordonnée. Les lois de Zarka nous l'interdisaient formellement. Mettre en danger la vie d'Aïla à ce moment, c'était mettre en danger l'existence des Cristaux de Vie. »

Une expression tendue envahit le visage de Zaïna, quand elle laissa tomber d'une voix rauque, après un temps de silence :

— Aïla était la seule d'entre nous toutes à connaître le véritable secret des Cristaux de Vie... Moi, je sais seulement de quelle façon il faut procéder pour utiliser leur prodigieux pouvoir.

Son regard dévia vers Ten-Sin, qui écoutait, tête baissée, plongée dans un abîme de réflexions, puis revint lentement sur Chris.

— En tant qu'étranger à ce monde, je te tiens maintenant pour responsable partiellement de ce qui est arrivé, étranger, dit-elle. Cette responsabilité est partagée par Ten-Sin, Chef du Clan des Gardiennes de la Vie, qui n'a pas su protéger efficacement notre communauté. Votre devoir, à l'un et l'autre, sera maintenant de retrouver Aïla, et de ramener sur ce monde le Cristal de Vie emporté par les hommes de Bari

Trenton. Ainsi en a décidé le Conseil des Guides... A l'instant où je vous parle, le couloir transférentiel aboutissant à l'univers extérieur vient d'être rétabli. Vous devrez l'emprunter, après avoir subi une préparation préalable. Ce que je sais du secret des Cristaux m'incite à penser qu'il vous faudra faire vite...

Elle regardait plus particulièrement Chris quand elle lâcha d'une voix assourdie :

— Chris Landsen... Un danger terrible pèse sur votre univers. Je crains que le pouvoir bénéfique des Cristaux de Vie ne se transforme en une terrifiante malédiction dès l'instant où ils seront véritablement transposés dans l'univers extérieur...

CHAPITRE X

Zaïna continuait à fixer Chris de son regard profond.

— Souviens-toi, Chris Landsen : nul ne doit découvrir à travers vous le secret de Zarka.

— Je me souviendrai, murmura Chris. Mais cette mission ne sera pas facile, Zaïna… Trenton et ses hommes ne sont pas grand-chose en regard de l'immensité de l'univers extérieur.

— Je sais. Mais Bari Trenton ne restera pas inactif. Peut-être cherchera-t-il à revenir ici. De toute façon, vous devez essayer.

— Nous sommes prêts, assura Ten-Sin d'une voix ferme.

Le regard de Zaïna dévia vers elle, et un sourire un peu triste éclaira brièvement ses traits empreints d'une étrange noblesse intérieure.

— Je te souhaite de réussir, Ten-Sin. Pour ceux de Zarka, d'abord, mais aussi pour les humains qui peuplent les grandes galaxies extérieures. Maintenant, vous pouvez gagner le réceptacle…

Elle eut comme un geste d'adieu, et regagna

lentement son trône, tandis que Ten-Sin se
retirait, suivie de Chris. Ce dernier se retourna
au moment de franchir le passage qui les séparait du long couloir aux murs de pierre ocre, et
un frémissement le parcourut des pieds à la tête.
Il avait vu Zaïna s'asseoir sur le trône serti de
diamants, et pourtant il n'y avait plus rien au
centre de la pièce. Ni le trône, ni Zaïna...
Seulement les grandes tentures aux couleurs
vives, et les fourrures animales, sur le sol. Ten-
Sin l'entraîna le long du couloir silencieux.

— Que s'est-il passé ? interrogea Chris.

Il se heurta au regard étonné de la jeune
femme, et insista :

— Zaïna... Elle a soudain disparu.

— Elle n'a pas disparu, corrigea Ten-Sin.
Elle est toujours là, mais tu n'est plus en mesure
de percevoir sa présence, voilà tout !

Chris secoua la tête.

— J'ai du mal à comprendre ce monde, Ten-
Sin, dit-il sourdement.

— Il me sera sans doute difficile de comprendre le tien, Chris, renvoya Ten-Sin avec une
certaine anxiété dans le ton. Il faudra m'aider,
n'est-ce pas ?

— Je t'aiderai, assura Chris. Mais j'ai idée
que tu n'auras guère besoin de mon aide ! Vous
semblez douées de prodigieuses facultés d'adap-
tation, toi et tes semblables. Il n'est guère
courant de rencontrer dans le cosmos des êtres
capables d'assimiler aussi vite une langue aussi
compliqué que le galax ! Pourtant, tu t'exprimes
sans aucune difficulté dans cette langue que vous

étiez censées ignorer jusqu'à notre arrivée, ou tout au moins jusqu'à l'arrivée de Carl Baum dans votre dimension !

Ten-Sin émit un petit rire léger, en jetant un coup d'œil rapide à son compagnon.

— Il y a déjà un certain temps que je ne m'exprime plus en galax, Chris, émit-elle. Nous parlons en ce moment la langue couramment pratiquée à l'intérieur de Zarka, et ton propre cerveau est maintenant en mesure de traduire au fur et à mesure, sans même que tu en aies vraiment conscience ! Il se peut que tu découvres par la suite d'autres possibilités mentales que tu ignorais jusqu'à maintenant... Tu n'es plus tout à fait un Terrien comme les autres, Chris. Tu es maintenant marqué par l'empreinte indélébile du Cristal de Vie. N'oublie jamais cela.

Elle venait de s'arrêter devant une ouverture sombre, à l'extrémité du couloir, et une expression tendue se répandit sur ses traits. Elle fit face à son compagnon.

— Le réceptacle, souffla-t-elle. Quoi qu'il arrive, Chris, tu devras conserver tout ton calme. Il ne peut rien nous arriver au cours de ce transfert. Nous sommes d'ores et déjà conditionnés, l'un et l'autre. Prêts pour un formidable bond dans l'univers extérieur. Viens...

Ils franchirent côte à côte l'ouverture béante. Instantanément, Chris fut saisi par le froid qui régnait dans la cavité sombre, dont il distinguait mal les parois verticales. Une odeur douceâtre, un peu écœurante, planait à l'intérieur de la cavité. Une odeur de mort...

— On dirait un tombeau, souffla Chris.

Il avait prononcé ces mots à voix basse, mais ce simple chuchotement éveilla soudain une série d'échos sonores, qui paraissaient se répercuter entre les parois. *On dirait un tombeau... Un tombeau... UN TOMBEAU !*

Une pensée impérative s'imposa à lui. Elle explosa directement dans son cerveau, et il sut qu'elle émanait de Ten-Sin, dont il distinguait à peine le visage, tache plus pâle au milieu des ténèbres qui s'épaississaient.

— *Ne parle pas à l'intérieur du réceptacle, Chris... Contente-toi de penser pour t'exprimer. Je capterai ces pensées sans aucune difficulté. N'aie pas peur...*

— *Je n'ai pas peur,* songea Chris. *Je me sens seulement curieusement léger. Une sensation de ne plus exister physiquement.*

— *Le processus de transfert est amorcé,* émit Ten-Sin.

Chris eut l'impression qu'il marchait. Pourtant, ses pieds ne reposaient sur aucune surface solide. Du moins, il n'éprouvait pas les sensations habituelles qui faisaient de son corps une chose cohérente, capable d'analyser instantanément son environnement immédiat.

Une lumière, très loin devant eux. Un simple point lumineux, tremblotant au milieu des ténèbres. Comme un espoir au milieu de toute cette désespérance que croyait percevoir Chris. C'était vers cette lueur incertaine qu'il leur fallait avancer. Elle se rapprochait peu à peu, et le froid de la mort reculait. Elle fut sur eux, presque sans transition. Un couloir... Un long couloir de lumière étincelante. Ils s'y engouffraient à une vitesse prodigieuse. Il eut l'impression fugitive qu'ils tournoyaient au milieu de cette fabuleuse luminescence, qui disparut bientôt pour faire place à une immensité bleutée au cœur de laquelle ils planaient librement.

Ten-Sin souriait...

— Où sommes-nous ? demanda Chris.

Sa voix résonnait normalement au cœur de cette immensité qu'il ne pouvait définir clairement.

— Je ne sais pas, répondit Ten-Sin en se rapprochant de lui. C'est la première fois, Chris...

Un sentiment bizarre, inattendu envahissait Chris Landsen. Tout près de lui, Ten-Sin tournoyait lentement dans le vide. Leurs positions respectives changeaient constamment. Lui-même tournait lentement sur lui-même, sans éprouver la sensation d'une chute, ou d'un mouvement quelconque. La jeune femme s'éloigna soudain de lui, et il ne vit plus que la tache sombre de sa chevelure. Il en éprouva aussitôt une angoisse intolérable.

— Ten-Sin ! Reviens !

Elle glissa de nouveau dans sa direction, avec des mouvements gracieux, comme dans un rêve où tout devenait possible. Chris ne comprenait pas ce qui déferlait en lui. Cette joie intense...

— Ten-Sin... souffla-t-il. J'ai cru que... que nous allions nous perdre. Que je ne te reverrais plus jamais.

— Je suis là, Chris... Je suis tout près de toi... Prends-moi dans tes bras. J'en ai tellement envie !

Il réalisa alors qu'elle ne portait plus sa longue robe rouge. Le vêtement flottait quelque part, très loin dans l'immensité bleue. Oui... Tout devenait possible dans ce vide insondable.

— Ten-Sin...

Elle était maintenant tout contre lui, et elle posa un de ses doigts fins en travers de ses lèvres :

— Ne dis rien, Chris... Tout cela n'existe pas vraiment. Nous sommes sans doute très loin l'un de l'autre. Nous vivons peut-être seulement nos propres fantasmes, mais cela n'a aucune importance, n'est-ce pas ?

— Aucune, assura Chris. Ten-Sin... Je crois que... que je t'aime. J'ignore comment une telle chose peut être possible, mais c'est ainsi.

Ten-Sin, renversée, offerte, consentante. Peut-être seulement un effet de son imagination stimulée par le transfert... Il prit ses lèvres et ferma les yeux. L'immensité leur appartenait. Elle était devenue leur refuge, au cœur du Temps et de l'Espace. Ici, rien ne pouvait les atteindre.

— Est-ce toujours ainsi ? souffla-t-il en serrant contre lui le corps vibrant de sa compagne.

— Je ne sais pas, haleta Ten-Sin. Je ne sais pas, mais je suis heureuse.

Un siècle plus tard, elle émit un curieux gémissement extasié. Chris ouvrit les yeux pour contempler son visage, renversé en arrière, pour ne rien perdre de ce regard agrandi par le plaisir. Autour d'eux, le vide était devenu une immensité d'or pur...

Ils sombrèrent ensemble dans un univers merveilleux, qu'ils pouvaient créer à leur convenance. Une étendue piquetée d'étoiles scintillantes. La splendeur du cosmos devenait leur ciel de lit. Aux bras l'un de l'autre, ils glissèrent lentement vers le sommeil, tels des amants de l'espace infini, comme s'ils avaient soudain besoin de repos, après avoir donné vie à des millions d'univers...

*
* *

Ils reprirent conscience à la même seconde, presque sans transition. Ils étaient maintenant allongés sur un sol frais, recouvert d'une épaisse moquette fauve, dans une pénombre reposante. Chris sourit à Ten-Sin. Un sourire un peu hésitant.

— Que s'est-il passé ? demanda-t-il. C'était comme une sorte de rêve...

La jeune femme se dressa sur son séant. Elle était de nouveau vêtue de sa longue robe rouge vif, et elle regardait autour d'elle d'un air étonné.

— Où sommes-nous ? émit-elle, sans répondre à la question de Chris.

Ce dernier se releva avec un soupir, et considéra les meubles fonctionnels qui les entouraient. Un living spacieux, éclairé par deux larges baies polarisées. Il distinguait des arbres, au-delà d'une grande pelouse.

— Ça ressemble fort à un module d'habitation comme il en existe sur la plupart des planètes de l'EMGAL, dit-il.

— Alors, nous sommes arrivés à destination, murmura Ten-Sin en se relevant à son tour, pour marcher vers une des baies tamisant automatiquement la lumière extérieure. Le couloir transférentiel aboutissait à la maison de Carl Baum...

Elle fit face à Chris, la tête légèrement inclinée sur le côté droit. Elle avait l'air de se poser des questions à son sujet. Il marcha vers elle, et la prit dans ses bras. Elle se crispa légèrement, puis s'abandonna avec un léger soupir.

— Chris... Je me demande..., commença-t-elle.

Il la regardait en souriant.

— Tu crois que nous avons réellement... Je veux dire... Ah, ce n'est pas facile à expliquer ! En tout cas, ce transfert à été une chose très agréable, non ?

Elle se détendit, et réussit à rire.

— Je croyais être la seule à avoir fait ce rêve étrange, Chris...

Il la fixa d'un drôle d'air.

— Ce n'était peut-être pas seulement un rêve, chérie ? hasarda-t-il.

Elle parut se secouer et le repoussa doucement.

— Nous nous égarons, Chris, dit-elle d'une voix soudain plus ferme. Nous n'avons certainement pas le droit de nous laisser aller à ces

impulsions, même si elles sont une chose naturelle. Nous avons une mission à remplir, ne
l'oublie pas...

— Je n'ai rien oublié, soupira Chris en laissant son regard errer au-dehors. Mais je me
demande parfois si le rêve n'est pas préférable à
la réalité !

Son regard se fit curieusement incisif quand il
le posa de nouveau sur la jeune femme.

— Une chose est certaine, Ten-Sin. Que tu le
veuilles ou non, je t'aime, maintenant. Je t'aimais sans doute déjà quand je t'aie vue la
première fois, au milieu de tes amazones. Mais
je ne le savais pas encore. Nul ne peut me retirer
le droit de t'aimer. Pas plus le clan des Gardiennes de la Vie que celui des Guides...

Une lueur désespérée apparut dans les prunelles vertes de Ten-Sin.

— Tu es fou, Chris..., dit-elle doucement.
J'appartiens à la dimension Zarka, et je dois
obéir aux lois de ce monde que tu ne peux pas
comprendre... Dans l'immédiat, nous devons
retrouver la trace de Bari Trenton, et savoir ce
qu'il est advenu d'Aïla et du Cristal de Vie. Pour
le reste, c'était un accident... Une erreur, peut-
être.

Un sourire très tendre étira les lèvres de Chris
Landsen.

— Tu te défends bien mal, chérie, dit-il. Eh
bien, soit... oublions momentanément ce qui
s'est passé entre nous. Je veux bien admettre
que ce n'était qu'un rêve, même si nous l'avons
fait ensemble. Mais un jour...

Il n'acheva pas sa phrase.

— Sur quelle planète sommes-nous ? demanda Ten-Sin pour meubler le silence qui menaçait de s'installer.

Chris se déplaça vers un meuble bas et s'empara d'une photo tridimensionnelle dont le cadre métallique s'illumina instantanément quand il le prit entre ses mains.

— C'est la photo de Sofia Baum, dit-il sourdement. Tu as raison : le couloir transférentiel aboutissait bien à leur maison. Dans ces conditions, nous sommes sur Ter-3, si mes souvenirs sont bons. Deuxième planète du système de Kevlor, dans la nébuleuse d'Orion. Une planète qui ressemble comme deux gouttes d'eau à la Terre.

Il reposa le cadre contenant la photo en trois dimensions de la femme de Carl Baum.

— Le module d'habitation doit être vide, maintenant que Carl Baum est mort et que sa femme a disparu. Mais nous ne pouvons pas rester ici. Dans l'immédiat, il va falloir trouver quelque chose de plus discret que ces vêtements que nous portons, si nous voulons passer inaperçus. On va commencer par visiter cette maison...

Il lui tendit la main. Ten-Sin hésita imperceptiblement, puis se décida à lui abandonner la sienne, en continuant à regarder autour d'elle.

— C'est très beau, dit-elle dans un souffle. Il devait faire bon vivre, ici...

CHAPITRE XI

La maison était totalement abandonnée, comme si ses occupants étaient partis brusquement, laissant sur place tout ce qu'ils possédaient. Le laboratoire, situé au niveau inférieur ne leur apprit rien de plus qu'ils ne savaient déjà : Carl Baum avait vécu là, travaillé au milieu de ces installations scientifiques dont l'utilité échappait à Chris, puis il était allé mourir dans un monde qui n'existait peut-être pas vraiment... Du moins, pas comme il l'avait perçu avant de mourir.

Chris et Ten-Sin explorèrent méthodiquement le module d'habitation, isolé au milieu d'un paysage ravissant. Ils finirent par trouver l'un et l'autre des vêtements mieux adaptés à leur situation. Carl Baum et sa femme étaient sensiblement de la même taille qu'eux. Tandis que Ten-Sin achevait de passer une robe en fibres synthétiques, Chris visita de nouveau le living, et tomba soudain en arrêt devant la console supportant le vidéophone. L'air pensif, il effleura du bout des doigts les touches sensitives du clavier. Une idée germait dans son esprit, et il décida de ne pas perdre de temps pour la mettre à exécution. Un calendrier perpétuel le renseigna sur la date du jour. Il y avait plus de trois mois que le *Véga II* avait plongé en direction de Krypta !

« Il doit bien exister une distorsion temporelle entre les deux univers », songea-t-il.

Mais il était quand même incapable de savoir exactement depuis combien de temps Trenton et ses hommes avaient réintégré leur dimension habituelle... Il avait l'impression que les événements qui s'étaient déroulés dans le temple de Zarka avaient eu lieu la veille, mais cela ne voulait rien dire.

Ten-Sin reparut alors qu'il commençait à former un numéro d'appel sur le clavier du vidéophone. Il lui jeta un coup d'œil et lui sourit tendrement :

— Tu es très belle, fit-il. Tu ressembles à ces jeunes femmes hippies de la fin du vingtième siècle. Ce genre de tenue revient à la mode...

Ten-Sin tourna gracieusement sur elle-même, faisant légèrement voler autour d'elle sa robe blanche à franges. Ses pieds menus étaient pris dans des sandalettes souples dont les lanières se croisaient jusqu'au niveau de ses mollets bronzés.

— Qu'est-ce que c'est ? demanda-t-elle en désignant le vidéophone.

Chris forma les deux derniers chiffres du numéro d'appel et expliqua :

— Un appareil qui permet de contacter des

gens à distance. Je viens de me souvenir d'un ami très cher qui pourrait peut-être nous aider...

Le sourire féroce qui étirait ses lèvres démentait en partie les paroles qu'il prononçait. Il songeait que l'homme qu'il essayait de joindre n'était peut-être pas un ami très sûr, mais qu'il ferait certainement tout pour les aider. Steph Carini n'avait pas le choix, voilà tout...

Un visage de femme apparut sur l'écran du vidéophone. Ce visage avait dû être joli, autrefois, mais il était marqué par une empreinte indélébile. Chris savait ce que signifiaient ces rides prématurées, et ce regard dilaté.

— Bonjour, Glenda, murmura-t-il en enfonçant une dernière touche, pour que sa propre image parvienne à sa correspondante.

La surprise envahit les traits marqués de la femme, et elle esquissa soudain un rictus qui pouvait passer à la rigueur pour un sourire.

— Chris... Chris Landsen ! Où étais-tu passé depuis tout ce temps ?

— J'ai voyagé, éluda Chris. Mais tu vois, je n'oublie jamais les amis...

Le sourire se transforma en une moue hésitante sur les traits de la femme.

— Tu es le genre d'ami qu'on aimerait savoir mort et enterré, dit-elle sombrement. Je suppose que tu veux parler à Steph ? Il va être ravi, j'en suis sûre ! Je vais essayer de le réveiller. Il dort. Tu m'excuses un moment.

Le visage disparut de l'écran. Ten-Sin s'était rapprochée.

— Qui est cette femme ? demanda-t-elle. Elle a un regard étrange.

— Elle est droguée jusqu'à la moelle, murmura Chris. Elle est... l'amie d'un certain Steph Carini. Ils passent le plus clair de leur temps dans les salles clandestines où leurs semblables s'adonnent à une nouvelle forme d'intoxication électronique. Le mal est venu de certains mondes découverts il y a une trentaine d'années, du côté de la constellation du Lion. Des ondes produites artificiellement qui agissent sur le cerveau, provoquant des rêves artificiels. Ces malheureux sont littéralement prisonniers de leur habitude. Ces ondes les détruisent peu à peu, mais ils s'en moquent...

Un nouveau visage venait d'apparaître sur l'écran. Celui d'un homme aux traits bouffis, et aux cheveux gris et hirsutes.

— Il est jeune, souffla Chris en maintenant une touche enfoncée pour que son correspondant n'entende pas ce qu'il disait. Mais il est déjà au bord du gouffre. Dans le meilleur des cas, et en tenant compte du fait qu'il doit forcer les doses d'irradiation, il peut encore vivre quelques années, mais il mourra de toute façon.

Il relâcha la touche et fixa le visage veule de son correspondant :

— Désolé de te déranger, Steph, mais je crois que je vais avoir besoin de tes services.

— Tout le plaisir sera pour moi, grogna l'homme en se passant une main tremblante sur le visage. Tu sais que je ferais n'importe quoi pour te faire plaisir !

Chris émit un rire ironique.

— Je sais, Steph... La dernière fois que tu m'as expédié tes tueurs, ça n'a pas très bien marché, hein ?

— Une erreur, grimaça Steph Carini. Je t'ai promis que cela ne se reproduirait plus. Que puis-je faire pour toi ?

— Trenton... Bari Trenton, lâcha seulement Chris.

Le visage de Carini se ferma, et son regard se dilata un peu plus.

— Connais pas, fit-il un peu trop vite. Ce nom ne me dit rien du tout.

— Steph..., murmura trop doucement Chris. Tu me fais de la peine... Je sais que tu connais Trenton. Et tu sais que je le sais. Alors, ne me fais pas perdre mon temps. Je pourrais me souvenir tout à coup de certaines preuves contre toi. Des preuves irréfutables, en sûreté quelque part, et qui pourraient sérieusement abréger ta carrière.

— C'est dégueulasse, soupira Steph Carini.

— Mais c'est comme ça. Tu as mis un jour le doigt dans un engrenage fatal, et tu es bien obligé de jouer le jeu. Tu es un des meilleurs indicateurs des Services Spéciaux, et il va falloir le prouver une nouvelle fois.

— Trenton, c'est le gros morceau, grogna Carini.

— Exact. Mais j'ai un appétit solide, tu sais. Où est-il en ce moment ?

Un temps de silence. Carini paraissait réfléchir. Il lâcha enfin :

— Personne ne l'a vu depuis un bon moment, mais son rafiot se serait posé il y a environ deux mois sur VK-67. Pendant un temps, il paraît qu'il recherchait des hommes. Mais on dirait qu'il a laissé tomber. Peut-être qu'il est toujours sur VK-67. Mais personnellement, je n'ai pas envie d'aller vérifier sur place ! Ce planétoïde n'a jamais été un endroit tellement folichon, mais il semblerait que ça ne s'est pas amélioré depuis deux mois. Tu devrais aller y faire un tour, Chris !

Une expression sournoise envahissait les traits mous du personnage. Il enchaîna :

— Peut-être que si tu allais là-bas, je ne te reverrais jamais... Même les flics ont renoncé à réduire ce nid de frelons ! Trop d'appuis occultes, si tu veux mon avis. Tu as beau avoir de l'appétit, Chris, je crois que cette fois, tu as les yeux plus grands que le ventre ! J'espère qu'ils te feront la peau si tu décides de débarquer sur VK-67 !

— Qui, ils ? demanda calmement Chris.

Carini haussa ses épaules enveloppées de graisse malsaine, et fit une grimace qui n'améliorait pas son aspect général.

— Tous... Les Galiens de Deneb, les Iskars de Skenda, ou peut-être les Paramis de Kalen. Il y a de tout, là-bas. Des fauves... Je te souhaite bien du plaisir, flic...

— Merci, Steph. Mais ce n'est pas tout. Je vais avoir besoin d'un certain nombre de choses. Des choses que tu peux me fournir.

— Dis toujours, soupira Carini. Je ne peux rien te refuser !

— Je suis sur Ter-3, dans l'immédiat. Et je voudrais que tu me fournisses un moyen discret d'atteindre VK-67.

— Tu ne pousserais pas un peu loin le bouchon, Chris ? Autrement dit, tu veux que je te trouve une nef... Tu me prends pour un nabab, ou quoi ?

— Je te prends pour ce que tu es, Steph. Une crapule. Mais une crapule qui a beaucoup de relations ! Ecoute, je te propose un marché honnête : tu m'aides à fond, et je te renvoie les preuves que je détiens sur certaines de tes activités. Evidemment, si tu ne faisais pas l'effort que je te demande de faire, ces preuves aboutiraient fatalement à l'ordinateur central de Ter-I. Tu as encore de belles semaines devant toi, Steph ! Ce serait dommage d'aller les vivre dans les cachots... Le régime pénitentiaire ne prévoit pas les petites séances de psychostimulation que tu prises tant depuis quelques années.

— Ça va, gronda Carini.

Il réfléchit quelques secondes, puis déclara :

— Il y a un spatiodrome privé, sur Ter-3, à une dizaine de kilomètres de Spandertown. Tu connais ? C'est situé au nord-est de la capitale.

— Je trouverai, assura Chris.

— Le responsable se nomme Valowsky. Tu peux aller là-bas, je fais le nécessaire. Pour les papiers, je peux te faire confiance, hein ?

— Je n'ai qu'une parole, affirma Chris. Mais il faudra que tu attendes un peu. Juste le temps

de vérifier que tu ne me prépares pas un coup
fourré. Je te connais, tu comprends...

Carini fit de nouveau la grimace.

— Je ne suis plus exactement ce que j'étais,
dit-il d'une voix bizarrement éteinte. Je sais
depuis un certain temps que je suis foutu, Chris.
Je me demande même parfois pour quelle raison
je n'en finis pas une bonne fois pour toutes.
Peut-être qu'un jour ou l'autre, je tournerai à
fond le bouton de commande du psychostimula-
teur et alors, pouf ! Plus de Carini...

— Une affaire qui ne regarde que toi, souli-
gna Chris. Remue-toi, pour la nef. Prévois
également des armes individuelles, et de la place
pour deux passagers. Mais pas de pilote. Je me
débrouillerai seul.

— Tu as trouvé quelqu'un d'assez fou pour
t'accompagner ? ricana Carini. Il y a vraiment
des gens qui ont envie de mourir ! Finalement, je
crois que je vais t'aider sans faire de difficultés.
Ensuite, j'attendrai avec impatience la nouvelle
de ta mort. J'espère qu'ils t'en feront baver,
flic...

— Espère toujours, Steph, murmura Chris.
Mais évite surtout une chose si tu ne veux pas
que tous les Spéciaux se mettent après ta vilaine
peau ! Je n'aimerais pas que mon arrivée sur
VK-67 soit annoncée. Tu vois ce que je veux
dire ?

— Je n'aurais pas besoin de ça, rigola carré-
ment Carini. Bonne chance quand même,
Chris...

Il coupa le premier la communication. Chris

éteignit l'écran et fit face à Ten-Sin, toujours debout au milieu du living.

— Ça ne va pas être facile, chérie..., dit-il. Je crois que je ferais mieux d'y aller seul.

Il se heurta au regard volontaire de la jeune femme.

— Non, Chris. Nous partirons ensemble. Tu ignores trop de choses sur les Cristaux de Vie.

Elle frissonna longuement, et son regard vert se perdit dans une immensité insondable.

— Je crains qu'il ne soit déjà bien tard, Chris... Il a pu se passer beaucoup de choses en deux mois, sur VK-67, si Trenton y a apporté le Cristal.

Chris formait un nouveau numéro sur le clavier d'appel du vidéophone. Il avait pensé un instant à contacter Pavel Bowsky, le chef des services spéciaux. Ce dernier devait se demander ce qu'il était devenu ! Mais il était préférable de renoncer dans l'immédiat, pour éviter d'avoir à fournir des explications trop précises. Il appelait seulement sa banque personnelle, afin de faire transférer en urgence les fonds dont il disposait en permanence. Bowsky serait automatiquement averti de ce transfert, mais il n'interviendrait pas immédiatement.

— Il nous faut de l'argent, expliqua-t-il en regardant Ten-Sin.

— De l'argent ?

Ten-Sin comprenait mal la signification du mot. Normal, s'il n'existait aucun système monétaire sur Krypta.

— Je t'expliquerai, lança Chris. Une chose essentielle sur un monde comme VK-67... Il va également falloir que nous trouvions de quoi nous nourrir. Je commence à avoir faim. C'est drôle, je n'ai rien avalé depuis notre arrivée sur Krypta. En apparence, il s'est écoulé l'équivalent de trois mois terrestres, et c'est seulement maintenant que je me rends compte que j'ai besoin de manger ! Quant à Trenton, il semblerait qu'il est arrivé sur VK-67 depuis deux mois. Avec ça, les mathématiques en prennent un vieux coup, si tu veux mon avis ! Il y a des moments où je me demande si nous existons vraiment, toi et moi ! C'est tout juste si je ne me sens pas étranger à ce monde qui est pourtant le mien !

Ten-Sin le regardait d'un drôle d'air !

— Que veux-tu dire, Chris ? demanda-t-elle d'une voix altérée.

— Je ne sais pas, émit Chris le doigt posé sur la dernière touche d'appel. Une sensation bizarre. Je n'arrive pas à la définir. Tu l'as dit toi-même : je ne suis peut-être plus un Terrien comme les autres... Je ressens comme une menace sourde que je m'explique mal. Un danger qui serait déjà autour de nous, alors que nous sommes encore à des centaines d'années de lumière de VK-67... C'est comme si ce monde n'était plus tout à fait le même non plus... Pourtant, nous n'avons encore eu aucun contact vraiment direct avec l'extérieur, à part cette communication avec Carini.

Il secoua la tête, et acheva de former son numéro. Toujours immobile à la même place, Ten-Sin le regardait fixement.

CHAPITRE XII

Ils trouvèrent des aliments vitaminés dans la petite cuisine du module d'habitation, et un glisseur quadriplace dans le garage. Chris vérifia les batteries énergétiques du petit véhicule, et explora les alentours immédiats de la maison où avaient vécu les Baum. L'endroit était isolé au milieu d'une verdure de style tropical qui reprenait ses droits depuis que le module avait été abandonné par ses occupants habituels. Pas de danger d'attirer l'attention de voisins éventuels !

— On va pouvoir quitter les lieux sans problème, annonça-t-il en rejoignant Ten-Sin qui l'attendait dans le living, en considérant pensivement la photo en trois dimensions de Sofia Baum.

— Je me demande ce qu'elle est devenue, fit-elle songeuse, en reposant le cadre lumineux.

— J'ai bien l'intention de poser accessoirement la question à Bari Trenton, grogna Chris en regardant une dernière fois autour de lui. Mais je crains qu'il ne soit pas le genre d'homme à s'encombrer inutilement d'un témoin gênant...

Allons-y, chérie. Il va bientôt faire nuit. Nous en profiterons pour gagner Spandertown avec toute la discrétion voulue.

Ils quittèrent le module d'habitation, alors que le soleil qui baignait Ter-3 basculait derrière l'horizon. L'approche de la nuit rendait Ten-Sin mélancolique et Chris s'en aperçut.

— Quelque chose ne va pas, Ten-Sin ? demanda-t-il en engageant le glisseur silencieux sur une route à guidage automatique qui remontait vers le Nord.

La jeune femme secoua doucement la tête.

— C'est la nuit, Chris. Chez nous, cela signifie tant de choses...

Chris sourit dans la pénombre qui envahissait l'habitacle.

— Dans ce monde également, la nuit est souvent le refuge de ceux qui s'aiment. Elle revient plus souvent, voilà tout... Je ne comprends pas vos lois aberrantes...

Ten-Sin émit un soupir et expliqua :

— Il y a très longtemps qu'elles sont appliquées. Elles l'étaient probablement déjà avant la découverte des Cristaux de Vie par une femme de Krypta, qui est devenue par la suite la première prêtresse de Zarka... Krypta est un monde sans espoir, Chris. Il est totalement isolé du reste de l'univers, et beaucoup trop petit pour que s'y dessine cette formidable expansion que je devine dans le tien... La séparation des sexes permet sans doute un contrôle rigoureux de l'équilibre démographique sans lequel Krypta deviendrait très vite un monde inhabitable...

Mais tu as raison : parfois, ces lois deviennent pesantes. Surtout depuis que nous avons entrevu ce que pouvait être l'Univers Extérieur...

— Ne t'y trompe quand même pas, chérie, souffla Chris. Votre petit univers en vase clos a bien des avantages, par certains côtés. Ici, tout devient tellement démesuré, depuis que l'homme a conquis l'espace, et fait sa jonction avec les races innombrables qui peuplent les grandes galaxies. L'équilibre est précaire, surtout quand des gens comme Bari Trenton s'évertuent à le compromettre...

Ten-Sin laissa sa tête reposer contre l'épaule robuste de son compagnon.

— Mais heureusement, il existe des hommes comme toi pour lutter contre des Bari Trenton, n'est-ce pas ?

Vaguement troublé par le parfum à la fois léger et sensuel de sa compagne, Chris essayait de concentrer son attention sur le paysage qui défilait à grande vitesse, au-delà de la bulle transparente du glisseur. Maintenant, de petites agglomérations se succédaient de part et d'autre de la route qui filait en ligne droite vers la capitale de Ter-3. Des gens vivaient là, insouciants, ignorants de ces dangers qui les guettaient.

— Que risque-t-il de se passer, avec le Cristal ? demanda-t-il soudain. Zaïna a été plus qu'évasive.

— Zaïna n'a pas pénétré comme Aïla les grands secrets des Cristaux de Vie, murmura Ten-Sin d'une voix ensommeillée. Mais elle pressentait sans doute depuis longtemps ce qui est arrivé. Dans les mains d'un homme comme Trenton, le Cristal peut devenir une arme absolue... A cause de son pouvoir, justement. Très vite, Bari Trenton peut devenir le maître de la vie et de la mort. Il l'a très bien compris.

Elle se redressa et une lueur farouche apparut dans ses prunelles vertes.

— Mais Aïla ne lui livrera jamais le secret ! Je veux dire, la façon de se servir du rayonnement émanant du cristal.

— J'aimerais en être certain, murmura sombrement Chris. Trenton ne reculera devant rien... Ce qu'il veut, il sait généralement l'obtenir, sans s'embarrasser des moyens qu'il choisit pour arriver à ses fins. J'aurais dû le tuer dès l'instant où j'ai réussi à capter sa confiance.

— Pourquoi ne l'as-tu pas fait, Chris ? interrogea Ten-Sin.

Chris secoua la tête.

— On ne tue pas ainsi un être humain, fût-il la dernière des crapules. Et puis, j'espérais arriver à un gibier plus important encore que Trenton. Il a des appuis à tous les niveaux, et c'est cela qui le rend difficile à neutraliser.

— Tu veux dire qu'il a des relations jusque dans les... clans qui gouvernent votre monde ?

— C'est cela, sourit Chris, amusé par le terme employé par sa compagne pour désigner le Gouvernement Central de Ter-I. En fait, je commence à comprendre où il compte en venir. S'il arrivait un jour à contrôler à son profit les prodigieux pouvoirs du Cristal de Vie, il devien-

drait très vite le maître absolu. Les grands de ce
monde dépendraient de lui dès qu'ils auraient le
moindre ennui de santé... C'est cela qu'il
espère. S'il devient l'homme capable de préser-
ver cette chose précieuse qu'est la vie, il les
tiendra tous à sa main, et leur imposera sa
volonté, en échange de guérisons spectaculai-
res... Je n'ose pas imaginer ce que peut devenir
l'EMGAL, sous l'impulsion maléfique d'un être
comme Trenton !

— Autrement dit, l'avenir de l'univers extérieur dépend de nous, Chris..., souffla Ten-Sin.

— Oui. Et si nous ne pouvons pas atteindre
Trenton, il faudra bien nous résoudre à donner
l'alerte.

— C'est impossible, Chris. Il faudrait expliquer, parler de l'existence du Cristal, et alors le
remède deviendrait pire que le mal lui-même. Il
faut récupérer le Cristal, et le ramener sur
Krypta... C'est la seule solution. Tes semblables
ne laisseraient jamais se produire une chose
pareille s'ils connaissaient un jour les pouvoirs
des Cristaux de Vie.

— Alors, il va nous falloir de la chance,
soupira Chris. Beaucoup de chance...

* *
*

Ils décollèrent, à l'aube, du spatiodrome privé
où les attendait effectivement une nef équipée
des derniers perfectionnements en matière de
navigation supra-spatiale. Bryan Valowsky, le
responsable du terrain privé, ne posa aucune

question à partir du moment où Chris lui présenta sa plaque d'identification. Il se contenta de préciser que l'immatriculation spéciale de l'appareil lui permettait de naviguer où bon lui semblerait, sans avoir à rendre de comptes aux contrôles spatiaux. Steph Carini avait bien fait les choses. Lui aussi devait bénéficier de pas mal d'appuis en haut lieu, pour pouvoir se procurer un tel appareil dans des délais aussi restreints !

Ils furent escortés pendant quelque temps par un croiseur léger des Forces Spatiales, qui s'écarta de leur route dès qu'ils atteignirent la zone de plongée réglementaire. Pas une seule fois les occupants du croiseur ne tentèrent d'entrer en communication radio avec la nef. Alors que celle-ci plongeait dans le continuum sous-jacent, Chris songeait encore à Pavel Bowsky. Maintenant, il y avait gros à parier que le chef des Services Spéciaux savait qu'il était remonté à la surface. Mais il se garderait bien de bouger dans l'immédiat. Chris avait obtenu carte blanche dans l'action qu'il avait entreprise contre Trenton et ses forbans, et Bowsky lui votait généralement une confiance absolue...

Ils émergèrent sans problème moins de six heures terrestres plus tard, après avoir couvert la distance fabuleuse de plus de trois cents années-lumière qui séparait Ter-3 de V.K.-67. Habitué depuis longtemps à ces déplacements rapides dans le cosmos, Chris identifia sans difficulté le minuscule point lumineux qui venait d'apparaître sur les écrans de contrôle.

— Voici V.K.-67, annonça-t-il. A partir de

maintenant, nous ne pouvons plus compter que sur nous-mêmes, chérie... Notre approche doit déjà être signalée. Il est préférable de nous tenir en régime d'alerte permanente.

Il n'avait pas achevé sa phrase qu'une voix gutturale fit vibrer les enceintes du poste de pilotage.

— *Nef en approche, immatriculée T.T.X.-295, vous êtes pris actuellement en charge par nos systèmes de guidage. Déconnectez immédiatement vos propres dispositifs de pilotage et identifiez-vous.*

Chris échangea un regard rapide avec Ten-Sin, et bascula une série de contacts en émettant un soupir qui en disait long sur son état d'esprit. La stridulation ténue des générateurs de propulsion mourut lentement, passant de l'aigu au grave jusqu'à disparaître. Simultanément, des voyants s'allumèrent devant Chris, rivé à son fauteuil de pilotage.

— Maintenant, ce sont eux qui nous guident, expliqua-t-il à l'intention de Ten-Sin qui regardait toutes ces choses, nouvelles pour elle, sans émotion apparente.

Chris s'empara d'un micro sans fil et enfonça la touche d'appel :

— De T.T.X.-295... Tout est correct pour nous. Moteurs déconnectés. Approche normale sur vecteur 26-347. Deux personnes à bord. Cargaison : néant. Nous venons acheter.

— *Parfait... Alors, soyez les bienvenus sur V.K.-67,* renvoya la voix gutturale de leur correspondant. *Vous approchez actuellement du sas numéro quatre. Il faudra vous soumettre aux contrôles d'arrivée. Un conseil, si vous veniez pour autre chose que pour faire commerce avec nous, vous pouvez encore faire demi-tour et aller au diable! Que comptez-vous acheter? Vous pouvez parler sans crainte...*

Chris regarda de nouveau Ten-Sin, dont les traits exprimaient une certaine tension intérieure.

— Mon excellent ami Steph Carini m'a assuré que je trouverais ici du *splen* de Tariaka, improvisa Chris en enfonçant de nouveau la touche de son micro.

— *Cette vieille crapule de Carini!* ricana la voix. *Je le croyais mort depuis longtemps! Du* splen, *nous en avons des tonnes, si vous avez le moyen de vous offrir cette denrée rare. Nous vous attendons, mon prince! Mais pas de bêtises, hein? A partir de maintenant, vous êtes sous le feu de nos désintégrateurs...*

— Qu'est-ce que ce... *splen* dont tu parles, Chris? interrogea doucement Ten-Sin.

Chris fit une grimace dégoûtée.

— Un tabac euphorisant qui a été interdit par les lois de l'EMGAL, expliqua-t-il. Toutes les polices de l'Empire savent que V.K.-67 est à l'origine d'un trafic fructueux, qui enrichit des gens comme Trenton, mais V.K.-67 jouit de protections telles qu'il est impossible d'intervenir directement. Ces bandits le savent. C'est pourquoi ils nous laissent approcher sans grandes craintes. Aucun policier ne se risquerait à attaquer de front une telle organisation...

Ten-Sin regardait approcher le planétoïde, qui se détachait maintenant en brun sur le fond mauve de l'espace. Chris reprit, comme pour lui-même :

— V.K.-67, c'est quelque chose comme la ville de Hong Kong ou celle de Macao il y a deux ou trois cents ans. Une plaque tournante de tous les trafics, un lieu de rendez-vous pour tout ce que l'univers compte de truands et de paumés à la recherche d'un mirage : celui de la richesse et de la puissance... Un bout de rocher désert, sans atmosphère respirable, doté d'une pesanteur aux trois quarts artificielle. Un monde souterrain où se trament les combines les plus ignobles, et où essaie de survivre une population sans espoir... Regarde, Ten-Sin.

Il désignait les constructions aux formes compliquées, dénuées d'esthétique, qui s'accrochaient à la masse rocheuse informe du planétoïde, en un entassement parfaitement anarchique, issu de l'imagination de dix races différentes. Il n'existait pratiquement plus un pouce de terrain accessible, alors les nouveaux arrivants venaient accrocher leurs constructions personnelles aux constructions déjà existantes.

— Un chancre errant dans l'espace, murmura Chris avec dégoût, en considérant les lumières qui fluctuaient autour d'une ouverture béante vers laquelle glissait lentement la nef. Il faudra vérifier nos armes avant de quitter l'appareil. Ces types peuvent avoir des réactions imprévisibles. Tu sauras éventuellement t'en servir comme je l'ai expliqué ?

Ten-Sin se contenta d'incliner la tête d'un air résolu. Elle fixait intensément le planétoïde. Elle murmura soudain :

— Le Cristal est quelque part à l'intérieur de... de cette chose affreuse, Chris. Je... je le sens !

*   *

La nef pénétra doucement à l'intérieur du sas qui se referma aussitôt sur elle. Tandis que les pressions s'équilibraient, Chris et Ten-Sin gagnèrent le sas de sortie de la nef. La jeune femme paraissait tendue. Chris lui prit la main et la serra doucement, avant de manœuvrer le système d'ouverture du panneau.

Deux êtres étranges firent leur apparition au pied de la rampe d'accès qui s'était dépliée automatiquement dès l'ouverture du panneau.

— Des Iskars de Skenda, souffla Chris presque sans desserrer les lèvres. La pire race qu'on puisse trouver sur V.K.-67. Ils sont généralement chargés du contrôle des nouveaux arrivants. Ce sont de véritables ordinateurs humains. Ils sont capables de retenir les noms et le curriculum de tous les gens qu'ils ont rencontrés au moins une fois. S'ils savaient que j'appartiens aux services spéciaux, ils nous tueraient immédiatement... Mais ils ne peuvent pas savoir... Trenton me croit mort, et il n'a certainement pas signalé mon existence...

— Ton nom, Terrien ? interrogea le premier des deux humanoïdes.

— Axel Blinnis, inventa Chris. Et ma compagne se nomme Carla.

Il regardait sans ciller l'ébauche d'être humain qui lui faisait face. Le corps des Iskars avait l'apparence d'une glaise molle qu'aurait travaillée un sculpteur inexpérimenté. Leur peau ridée, à l'aspect repoussant, formait des plis au niveau du cou grêle, et des filaments blanchâtres couraient à la surface de leur corps. Une crête ondulante couronnait le sommet de leur crâne lisse et sombre. Ils ne portaient aucun vêtement. Seulement un ceinturon auquel pendaient leurs armes. Il ne fallait pas se fier à cette mollesse de leur apparence, ni à la fixité de leur regard glauque. Ils pouvaient le cas échéant avoir des réactions d'une brutalité inouïe, et tuer sans l'aide de leurs armes, en utilisant les filaments urticants répartis à la surface de leur corps informe. Ils étaient doués d'une force herculéenne.

— Restez où vous êtes, tous les deux, ricana l'Iskar qui avait interpellé Chris. Nous devons vérifier l'intérieur de votre vaisseau.

L'autre se mit en marche en direction du sas. Ten-Sin ne put s'empêcher de frissonner de dégoût quand il passa près d'elle. L'odeur que dégageait ces êtres était difficile à supporter...

L'autre tournait autour de Chris. Il paraissait jauger l'arrivant... Il attendit que son compagnon ait disparu à l'intérieur de la nef et s'approcha brusquement de Chris, déjà sur la défensive.

— Je peux t'aider à trouver tout ce que tu

veux ici, proposa-t-il. Pour peu que tu y mettes le prix, je suis toujours à vendre !

Il émit à la suite un ricanement abject. Chris ouvrit le devant de sa combinaison de vol, et fit apparaître comme un prestidigitateur une liasse de titres de paiement.

— J'ai effectivement besoin d'un bon guide. J'ai de quoi payer.

Le regard glauque de l'Iskar brilla furtivement, et sa main à trois doigts boudinés esquissa un geste rapide pour s'emparer de l'argent.

— Pour ce prix-là, grinça-t-il, je pourrais être ton esclave ! Où veux-tu aller, Terrien ? Je connais tous les lieux les plus inaccessibles de ce coin pourri ! Ceux où l'on s'amuse...

— Je suis venu acheter du *splen,* mais auparavant, j'aimerais rencontrer un ami très cher. On m'a dit qu'il était ici.

L'Iskar fit disparaître l'argent prestement en le glissant dans une poche ventrale dissimulée par les replis hideux de sa peau sombre.

— Il vient beaucoup de monde en ce moment sur V.K.-67, émit-il en tordant curieusement sa bouche édentée. Mais je connais tous les noms et les visages de ceux qui se trouvent actuellement ici. Et depuis quelque temps, il vient du beau monde ! Il en vient de tous les coins de la Galaxie. Les affaires n'ont jamais été aussi prospères. Qui veux-tu voir, Terrien ?

— Bari Trenton, lâcha Chris.

Contrairement à toute attente, l'Iskar se mit à rire. Un rire aussi repoussant que sa personne. Mais il riait. C'était toujours ça de gagné !

— Trenton... Bari Trenton. Mais tous, ils veulent le voir, imagine-toi. En quelques semaines, il est devenu le maître de ce lieu maudit ! Il fallait le faire, hein ? Tous, nous rampons à ses pieds. Moi le premier, qui te parle en ce moment. Il est le Maître, tu entends... Mais tu ne le verras pas. Nul ne peut l'approcher. En fait, ce n'est pas lui que viennent consulter tous ces gens que tu verras ici. Des éclopés, des malades... On se croirait dans un gigantesque hôpital ! Les riches paient. Les pauvres, on les rejette dans l'espace où ils vont achever de crever ! La vie est belle, quoi ! Alors, toi aussi tu as besoin des services du grand Bari, hein ? Tu as pourtant l'air en pleine forme...

Il regarda Ten-Sin, et fit une grimace qui n'arrivait pas à enlaidir plus son faciès de brute.

— Peut-être ta copine, alors ? émit-il. Si elle est malade et que tu as encore de quoi payer, elle repartira guérie, grâce au secret de Bari Trenton. Mais il faudra attendre votre tour.

Chris ne disait rien. Il sentait une violente excitation l'envahir. Ainsi, Trenton n'avait pas perdu de temps... Il s'était attelé d'arrache-pied à son projet ! Il jeta un coup d'œil en biais à Ten-Sin qui avait soudain pâli sous le hâle naturel de sa peau, mais il ne formula aucun commentaire. L'autre Iskar revenait, en se dandinant sur ses jambes déformées.

— Tout est normal, annonça-t-il. Vous pouvez débarquer.

Son compagnon se lança dans une série d'explications entrecoupées de rires gras, puis il se tourna vers Chris.

— Venez, tous les deux. Je vais vous conduire dans un endroit où vous pourrez vous reposer en attendant votre tour. Je vous préviens que ce ne sera pas un palace, mais il y a tant de monde ici en ce moment qu'on fait ce qu'on peut. Un conseil, avant toute chose : tenez-vous sur vos gardes en permanence. Ceux qui n'ont pas assez d'argent pour se faire soigner essaient de s'en procurer.

Il émit de nouveau son rire désagréable.

— Il faut bien que tout le monde vive, hein ? Alors, la vie n'est pas monotone, sur V.K.-67, depuis le retour de Trenton, vous pouvez me croire. En fait, vous avez de la chance que je sois en bonne santé pour le moment. Peut-être que je vous aurais tué pour rafler ce qui doit vous rester de pognon...

— Conseil pour conseil, renvoya froidement Chris, pense à autre chose.

Il tapotait la crosse du pistolet thermique qui lui battait la cuisse et il précisa, dans un sourire féroce :

— Je sais très bien me servir de ce genre d'outil, tu sais...

CHAPITRE XIII

Suivant leur guide, Chris et Ten-Sin franchirent une suite de portes blindées, gardées par
des hommes en armes, puis s'enfoncèrent dans
un dédale de ruelles souterraines, taillées au
laser dans la roche compacte. De la même
façon, des habitations avaient été aménagées
dans le rocher par les premiers arrivants qui
avaient débarqué sur VK-67, après que l'on eut
mis au point l'infrastructure entretenant la
pesanteur et l'atmosphère artificielle du planétoïde, destiné à l'origine à l'observation spatiale,
puis abandonné à la suite de difficultés techni-
ques.

Ils débouchèrent sur une sorte de grande
esplanade, éclairée par un dôme luminescent
dont le sommet se perdait très haut au-dessus de
leurs têtes. L'Iskar désigna de son bras déformé
la construction baroque qui trônait au centre de
l'esplanade.

—- Voici le palais du Maître, ricana-t-il. Ce
sont les Galiens de Deneb qui l'ont construit, il y
a une dizaine d'années.

Chris et Ten-Sin regardaient la construction massive, où se mêlaient tous les styles imaginables. Colonnes torsadées, tours coniques, ogives lourdes et sans la moindre grâce, empilages de formes géométriques jurant entre elles. Une spirale métallique s'enroulait autour d'une sorte de cornet inversé, enluminé de dorures compliquées.

— L'esthétique est discutable, ironisa l'Iskar, mais c'est le seul endroit véritablement habitable de VK-67.

Chris regardait vers la gauche de la construction dont le sommet atteignait presque la surface bombée du dôme. Une foule grouillante était massée devant une des entrées du « palais », silencieuse, presque recueillie. Des gardes armés la canalisaient.

— Les malades, précisa l'Iskar. Il est préférable de ne pas trop s'approcher. Certains sont contagieux... Ils attendent leur tour.

Ils durent s'écarter pour liver le passage à une civière, portée par deux Galiens énormes aux muscles hypertrophiés. Un autre Galien haletait sur la civière. Son visage était curieusement boursouflé par endroits, et des plaques malsaines marquaient la peau nue de son torse. Chris le regarda passer devant eux, et son visage se crispa soudain, alors qu'il suivait des yeux la progression de la civière. Il jeta un coup d'œil en direction de l'Iskar impassible.

— Je crois connaître ce type, souffla-t-il.

— Bien sûr que tu le connais, Terrien, ricana l'Iskar. Tous ceux qui ont regardé au moins une fois les communiqués vidéo émanant du gouvernement central connaissent ce Galien. Il est le Premier Porte-Parole du gouvernement. Un des personnages les plus influents que je connaisse ! Il est rongé depuis des années par cette étrange maladie qui frappe parfois les Galiens, et qu'aucun médecin de l'Empire n'a jamais pu soigner efficacement. Comme il est là, il mourrait sans doute dans quelques semaines sans l'aide de Bari Trenton. Il a dû payer très cher pour passer devant tous ces gens... Mais peut-être qu'il n'a pas été question d'argent entre Bari et lui... Ces gens-là peuvent nous apporter beaucoup mieux que de l'argent !

Il partit d'un rire gras et désigna une autre ruelle qui partait vers la droite.

— Venez, Terriens. Vous ne pouvez pas rester là. J'essaierai de vous obtenir une place d'attente. Mais peut-être pas avant plusieurs jours... Il faut être patients.

Quelques minutes plus tard, il les entraînait dans de nouvelles ruelles sordides au milieu desquelles errait une foule grouillante et cosmopolite, à l'affût d'on ne savait quel mauvais coup.

— A partir de maintenant, gardez la main sur la crosse de vos armes, exposa l'Iskar. Tant que je serai avec vous, vous ne risquez rien, mais j'ai autre chose à faire que de vous protéger durant tout votre séjour. Entrez là-dedans. Je vais vous recommander à un de mes amis. Un Paramis. Il devrait pouvoir vous héberger le temps qu'il faudra, mais je vous préviens : ne discutez surtout pas le prix ! Il est plutôt susceptible !

Ils pénétrèrent dans une sorte de bouge infâme aux plafonds bas et noircis par la crasse. Ils étaient obligés d'enjamber des corps étalés sur le sol, dans un enchevêtrement impensable.

— Ceux-là passent le temps en se bourrant de *splen*, expliqua l'Iskar. Ils ne sont pas dangereux. La plupart ne sont même pas au courant de ce qui se passe ici ! Restez là un moment, je reviens...

Il disparut derrière une tenture surveillée par un autre Iskar dont le regard glauque se fixait avec insistance sur Ten-Sin. Frissonnante, la jeune femme se réfugia contre Chris, et enfouit son visage contre le torse de son compagnon.

— Cet endroit est horrible, souffla-t-elle avec un sanglot dans la voix.

— Nous n'avons guère le choix, chérie, murmura doucement Chris. Ne crains rien, je...

Il ne termina pas sa phrase. L'Iskar qui regardait Ten-Sin se détachait du mur sale contre lequel il était appuyé, et s'avançait vers eux.

— C'est ton amie ? demanda-t-il en posant ses yeux glauques sur Chris.

— Oui, lâcha celui-ci en repoussant doucement Ten-Sin pour avoir sa liberté de mouvement.

— Je te l'achète, grogna l'Iskar.

Les dangereux filaments commençaient à s'agiter à la surface de son corps. La main de

Chris glissa imperceptiblement en direction de la crosse du pistolet thermique.

— Elle n'est pas à vendre, dit-il fermement. Retourne où tu étais...

Un ricanement ignoble s'échappa de la bouche molle de l'Iskar qui se dandinait d'une jambe sur l'autre.

— Alors, peut-être que je vais te la prendre sans payer, émit-il.

Un des filaments se détendit brusquement, mais Chris avait prévu cette réaction, et s'était rejeté de côté, bousculant du même coup Ten-Sin, qui se trouva propulsée hors de portée de l'Iskar visiblement furieux.

Chris arracha brusquement son arme de l'étui pendant contre sa cuisse et tira sans avertissement, avant que l'Iskar ait eu le temps de réaliser son intention. Réglé sur une puissance réduite autorisant le tir dans un espace confiné, l'arme cracha un flux éblouissant qui frappa l'être immonde de plein fouet. L'Iskar ouvrit une bouche démesurée, mais aucun son ne put franchir sa gorge horriblement brûlée, et il s'effondra sans un cri. Son corps roula au milieu des fumeurs de *splen* qui s'écartèrent avec des cris d'effroi. Il tressauta un moment sur place puis se détendit tandis qu'une odeur horrible de chair calcinée se répandait dans la pièce.

— Voilà ce qui s'appelle avoir des réflexes rapides, Terrien, rigola leur guide en reparaissant. Tu me fais l'effet d'un type terriblement dangereux... Je saurai m'en souvenir.

Il donna quelques coups de pieds parmi les corps répandus sur le sol.

— Allez, bande de bons à rien ! Remuez-vous un peu, et virez-moi cette charogne.

Tandis que deux ou trois des fumeurs abandonnaient leurs pipes pour obéir à l'ordre donné et traîner le cadavre à l'extérieur, l'Iskar fit un geste de la main, invitant Chris et Ten-Sin à franchir l'ouverture masquée par la tenture. Un être filiforme, au visage curieusement allongé surmonté d'une touffe de cheveux aussi blancs que sa peau, se tenait assis dans un profond fauteuil fonctionnel.

Il annonça un chiffre exorbitant, d'une voix de fausset aux inflexions métalliques. Chris se contenta de froncer les sourcils. Même en descendant dans un des hôtels les plus chics de Ter-I, il n'aurait pas eu à payer une pareille somme ! A ce rythme, il allait se retrouver très vite sans un sou... Il exhiba pourtant une liasse de billets, ajouta quelques pièces d'or et les tendit au personnage qui s'en empara avec des gestes lymphatiques, avant de se décider à se lever, en émettant un soupir à fendre l'âme. Les Paramis se déplaçaient toujours avec lenteur, comme si le moindre geste provoquait chez eux une fatigue intense.

Il ouvrit une porte, et s'effaça pour laisser entrer Chris et Ten-Sin dans ce qui pouvait passer pour une chambre.

— Il y a une sortie qui donne directement dans la ruelle, indiqua-t-il seulement. Si vous avez faim, il faudra payer un supplément, et je n'ai plus que des tablettes vitaminées.

Chris constata que l'Iskar avait soudain disparu, sans demander son reste. Le Paramis surprit son regard et expliqua :

— Il est reparti. Il va essayer de vous obtenir une place dans une des files d'attente. En attendant son retour, vous feriez tout aussi bien de rester ici. C'est plus sûr.

Il se retira sans rien ajouter, refermant la porte sur lui. Chris regardait autour de lui avec une moue qui en disait long sur son état d'esprit. Il alla jusqu'à la fenêtre, simple ouverture taillée dans la roche, et jeta un coup d'œil dans la ruelle sombre. Un escalier extérieur permettait d'y accéder, et il alla bloquer le système de verrouillage de la seconde porte.

— Tu devrais t'allonger, chérie, dit-il en désignant l'unique lit qui meublait la pièce, éclairée par un spot encastré dans le plafond.

Ten-Sin se laissa tomber assise au bord de la couche douteuse. Elle paraissait désemparée.

— Qu'allons-nous faire, Chris ? demanda-t-elle. Le palais est gardé, et nous glisser dans la file d'attente de tous ces malades n'aboutira à rien. Ils doivent prendre toutes leurs précautions...

Chris réfléchissait.

— Nous ne prendrons pas la file d'attente. Il faut que je trouve un moyen discret pour pénétrer à l'intérieur du palais. Je n'ai aucune confiance en cet Iskar qui s'est proposé de nous guider, et qui s'occupe de nos affaires avec un peu trop de zèle à mon avis. Avec ces types, on ne peut jamais savoir à quoi s'en tenir. Ils sentent certaines choses. Il a certainement compris que nous n'étions malades ni l'un ni l'autre... Mais il est assez malin pour nous extorquer le maximum d'argent sans prendre de risques.

Ten-Sin se laissa aller sur le lit, se recroquevilla et se mit à pleurer doucement, les épaules agitées par des sanglots nerveux. Chris s'approcha d'elle et lui caressa les cheveux, sans rien dire. Il comprenait ce qu'elle pouvait ressentir. Elle se retrouvait plongée trop brusquement dans un univers impitoyable dans lequel seuls les plus forts pouvaient espérer survivre. Un monde où régnait en maîtresse absolue la vieille loi de la jungle...

— Je trouverai un moyen d'approcher Trenton, dit-il sourdement...

**

L'Iskar reparut alors que l'éclairage qui remplaçait la lumière naturelle du jour commençait à faiblir au milieu des ruelles étroites. Il se campa sur ses jambes torses au milieu de la chambre, et regarda à peine Ten-Sin qui avait fini par s'endormir au milieu du lit. Il exhiba deux plaques métalliques portant chacune un numéro gravé et expliqua, à l'intention de Chris qui ne perdit pas un seul de ses gestes :

— J'ai pu vous obtenir deux places pour demain, mais il m'a fallu payer d'avance. Tu me dois deux mille *Tols,* Terrien... J'espère pour vous que tu les as encore sur toi ?

Un sourire méchant déforma sa bouche aux lèvres inexistantes.

— Si tu es venu pour acheter du *splen,* tu dois les avoir...

Chris exhiba une dernière liasse de billets et les tendit à l'Iskar :

— En voilà mille cinq cents. Le reste quand nous repartirons d'ici...

— Tu es dur en affaires, grogna l'Iskar en échangeant les deux plaques métalliques contre les billets qu'il fit disparaître prestement dans sa poche ventrale.

— Je suis seulement prudent, renvoya Chris, tendu.

Ten-Sin s'était éveillé pendant la discussion. L'Iskar lui lança un regard dénué d'expression, puis reporta son attention sur Chris.

— Vous pouvez dès maintenant venir prendre votre place dans une des files d'attente. C'est plus prudent...

— Mais nous pouvons aussi rester ici, renvoya Chris. Nous sommes très bien installés...

— C'est un point de vue, admit l'Iskar avec une grimace. Mais si vous passez votre tour, c'est fichu...

Ten-Sin s'approcha de Chris, le regard suppliant.

— Je préfère aller là-bas, souffla-t-elle. Cet endroit me fait peur...

— Elle n'a pas tort, remarqua calmement l'Iskar. Vous pourrez toujours revenir ici après la consultation ! Vous avez le droit de séjourner durant trois jours. Ça te laissera largement le temps de traiter tes affaires au sujet du *splen*, Terrien...

Chris essayait de deviner ce qu'il avait réellement derrière la tête, mais avec un Iskar, ce genre de chose était voué à l'échec. Rien ne transparaissait jamais de leurs pensées sur leurs traits repoussants de laideur...

— Bien. Nous te suivons, décida-t-il. Mais j'aime autant te prévenir que si tu ne joues pas correctement le jeu, je te tuerai, comme j'ai tué l'autre...

— J'essaierai de m'en souvenir, ricana l'Iskar, nullement impressionné. Venez...

Ils sortirent par la seconde porte, et s'engagèrent dans l'escalier qui plongeait vers la ruelle. Dans un coin d'ombre, deux êtres difficiles à identifier étaient collés l'un contre l'autre dans une posture obscène. Un peu plus loin, un Galien complètement ivre de *splen* titubait d'une paroi à l'autre, en émettant un rire étranglé. Des bruits divers émanaient des ouvertures éclairées des habitations taillées à même la roche. Bruits d'une vie misérable et sordide, cris, phrases lancées dans toutes les langues imaginables... Ten-Sin se serra contre Chris qui lui entoura l'épaule de son bras gauche. Le droit pendait le long de son corps, et ses doigts effleuraient parfois la crosse striée du pistolet thermique. Discrètement, il fit glisser le minuscule levier permettant de régler la puissance de tir de l'arme.

Un mauvais pressentiment l'envahissait. Devant eux, l'Iskar marchait d'un pas tranquille. Trop tranquille... Et Chris cherchait à analyser la sensation qu'il éprouvait à cet instant précis. C'était soudain comme si une certitude s'imposait à lui. L'Iskar n'avait pas l'intention de les conduire vers une des files d'attente... Un curieux contact mental s'établissait de lui-même avec une autre pensée, encore ténue. Il crut d'abord que ce contact s'établissait avec Ten-Sin, qui marchait serrée contre lui. Comme lorsqu'ils évoluaient à l'intérieur du réceptacle, dans la dimension Zarka...

Mais il comprit très vite que ce n'étaient pas les effluves mentaux de sa compagne qui effleuraient son cerveau en alerte, se précisant de seconde en seconde, tandis qu'ils progressaient au milieu de ces ruelles inconnues. Ce n'était pas vraiment une menace, mais il était certain qu'il allait se passer quelque chose, sans pouvoir définir d'où lui venait cette certitude. Une phrase prononcée par Ten-Sin lui revenait en mémoire : *Tu n'es plus un Terrien comme les autres, Chris...*

Une lumière aveuglante les cloua soudain sur place, au détour d'une ruelle. Chris arracha brusquement son arme et la braqua devant lui, prêt à faire feu. L'Iskar s'était rejeté vivement dans l'ombre, et il ne le voyait plus. Ten-Sin laissa échapper un gémissement, et se protégea les yeux de son bras replié. Chris tenta de l'attirer en direction du mur le plus proche, mais la lumière éblouissante les suivit. Il ne distinguait rien au-delà de cette lueur violente qui lui blessait les yeux. Un piège...

Mais il y avait toujours cette pensée hésitante, en lui. Elle ne s'accompagnait pas de la sensation d'une menace réelle.

— Restez un peu comme vous êtes, tonna une voix brutale. Je tiens à voir vos visages !

Cette voix... Chris la connaissait ! Il ne pouvait pas se tromper... Elle balayait la pensée qui errait en lui, mais c'était bien la présence mentale de l'homme qui venait de parler qu'il avait captée avant que la lumière brutale n'inonde la ruelle.

— Les Iskars sont vraiment la race la plus pourrie que j'aie jamais connue, gronda-t-il.

Le rire de l'Iskar invisible parvint à ses oreilles.

— Que voulez-vous ? demanda-t-il, surpris par le silence qui s'installait.

— Je voudrais comprendre, murmura la même voix, plus proche que la première fois.

Il y avait un certain étonnement dans les intonations de cette voix connue. Maintenant, Chris comprenait la raison de cet étonnement. Il émit un petit rire décontracté.

— J'ai la peau dure, hein, Raul ?

CHAPITRE XIV

— Lâche ton arme, Chris! lança la voix de Raul Beckle. Tu en as au moins cinq du même type braquées sur le ventre. Aucune chance de t'en sortir... Et ta compagne tombera la première...

Chris avait déjà compris depuis un moment. Ils avaient donné tête baissée dans le piège tendu par l'Iskar. Quelque chose avait alerté ce dernier, et il s'était empressé d'aller prévenir Trenton. Il avait probablement fait une description détaillée de ces deux personnages qui, visiblement en bonne santé, tenaient pourtant à bénéficier des services de Bari Trenton. Difficile d'endormir la méfiance naturelle de ces êtres repoussants qu'étaient les Iskars...

— Pourquoi ne tires-tu pas, Raul? dit-il d'une voix morne. Et qu'on en finisse...

— Personnellement, je trouverais plutôt cette solution séduisante, mais j'ai des ordres. Peut-être que Bari a envie de te revoir une dernière fois avant de te régler ton compte lui-même? Il y

avait un autre cristal de vie sur Krypta, hein ?
C'est pour ça que tu es encore dans nos pattes !

— On ne peut rien te cacher, Raul, soupira
Chris en lâchant son pistolet thermique.

Il tourna légèrement la tête vers Ten-Sin,
toujours aveuglée par la lueur puissante qui les
clouait littéralement sur place.

— Fais comme moi, chérie. Il n'y a rien
d'autre à faire...

La jeune femme fit glisser son propre pistolet
hors de l'étui plastique et le lâcha à regret.

— Vous voilà devenus raisonnables, ricana la
voix de Raul Beckle, toujours invisible. Approchez un peu par ici, et n'essayez pas de faire les
marioles !

La lumière disparut brusquement, et Chris
mit un moment à retrouver une vision normale.
Quand il put distinguer de nouveau les choses
qui l'entouraient, il retrouva sans plaisir le
sourire sardonique et méchant de Raul Beckle,
entouré de quelques forbans de la bande de
Trenton, tous armés. L'Iskar avait disparu.

— Allez, en route, ordonna Beckle avec un
geste en direction de l'extrémité de la ruelle.
Bari n'aime pas attendre quand il lance des
invitations !

*
* *

Toujours sous bonne escorte, ils pénétrèrent à
l'intérieur de l'invraisemblable palais par une
porte dérobée, et Raul Beckle les entraîna à sa
suite dans un dédale de couloirs, avant de

s'arrêter devant une porte qui coulissa automatiquement à leur approche. Leurs gardiens les poussèrent à l'intérieur d'une pièce un peu sombre, sans cesser de les tenir sous la menace de leurs armes.

Un homme se leva quand ils entrèrent, et Chris n'en crut pas ses yeux. Bari Trenton avait beaucoup changé depuis la dernière fois qu'ils s'étaient vus. Il avait maigri, et il ne possédait plus son arrogance habituelle. Le teint de son visage flasque était devenu terreux, malsain, et des tics parcouraient ses traits marqués par une étrange fatigue.

— Je ne pensais pas te revoir vivant un jour, Chris, dit-il d'une voix morne.

Il fixa Raul Beckle et ordonna d'un ton plus ferme :

— Ça va, les gars. Laissez-nous.

Raul Beckle fronça les sourcils.

— Mais, Bari, tu ne vas quand même pas...

— Dehors ! hurla brusquement Bari Trenton, retrouvant comme par miracle son autorité naturelle. Je n'aime pas répéter un ordre !

Raul Beckle hésitait toujours.

— Tu devrais te méfier, Bari, émit-il pourtant en refluant vers la sortie. Ce type est plus dangereux qu'un serpent...

— Fous-moi la paix, Raul, gronda Trenton. Fais ce que je te dis. Si j'ai besoin de toi, je t'appellerai. Je sais ce que j'ai à faire.

Raul et ses hommes se retirèrent sans protester, et la porte se referma automatiquement sur eux. Trenton laissa fuser un long soupir.

— Crois-le ou non, Chris, mais je suis content de te voir. Ces idiots n'ont rien compris !

Il se laissa tomber pesamment dans un des fauteuils qui meublaient la pièce spacieuse, et désigna deux autres sièges à ses visiteurs.

— Vous feriez aussi bien de vous asseoir.

— Je ne suis pas fatigué, renvoya sèchement Chris. Toi, par contre, tu ne me fais pas l'effet d'être dans une forme olympique...

— Je suis foutu, Chris, murmura le « Commodore ». Je me suis fait avoir jusqu'au trognon. *Elle* me tient, et j'en crève à petit feu...

— Qui, « elle » ? interrogea Chris.

— Aïla... C'est elle qui mène la danse. Elle la mène depuis le début ! Depuis le jour où Carl Baum nous a obligés à nous poser sur Krypta, et probablement même bien avant cela ! Il m'a fallu du temps pour comprendre !

— Où est-elle ? demanda Ten-Sin.

— Dans un endroit où vous ne risquez pas de pouvoir l'atteindre, soupira le « Commodore ».

Il quitta son fauteuil, et se mit à marcher de long en large, les épaules voûtées et le regard terne.

— Il faut tout reprendre depuis le début, Chris, si tu veux y voir un peu plus clair. Une foutue histoire... En fait, tout a vraiment commencé dans ma cabine, à bord du *Véga II*. J'avais le Cristal, et j'avais Aïla. Tout avait marché comme je l'espérais. Personne n'a essayé de nous empêcher de décoller. Mon idée, c'était de revenir ici, sur VK-67, et de réunir suffisamment de gars résolus pour retourner investir Krypta, et en faire notre base. Mais Aïla avait d'autres projets, et cela, je l'ai compris trop tard.

Son regard se dilata curieusement quand il poursuivit :

— C'est à peine croyable, Chris... Elle était là, debout devant moi. Je commençais même à la trouver plutôt attirante. Le Cristal se trouvait sur une console, près d'elle. Je croyais la tenir prisonnière, et je cherchais déjà un moyen de lui faire dire tout ce qu'elle savait sur le Cristal. Mais elle se foutait de moi, ouvertement. Brusquement, son corps est devenu transparent, comme une image holographique. Elle m'a dit quelque chose comme : *Tu seras son esclave jusqu'à la fin de tes jours...* Elle parlait du Cristal de Vie. Je sais maintenant ce qu'elle a voulu dire avant de disparaître complètement...

Il passa une main tremblante sur son crâne lisse et regarda de nouveau Chris bien en face.

— Je suis resté là, Chris, face à ce maudit minéral qui me fascinait... Et avec la sensation terrible que j'étais devenu un jouet entre les mains de cette garce ! C'est peut-être à ce moment que j'ai compris que je l'aimais... Elle a sans doute fait ce qu'il fallait pour que j'en arrive là. Et maintenant, j'en crève ! Tous ici, ils croient que je suis le maître ! Quelle foutaise ! Regarde-moi, Chris. Est-ce que je peux encore être le maître de quelque chose ? C'est elle qui dirige tout ce cirque. Elle sait ce qu'elle fait. Depuis deux mois, j'ai vu défiler ici le gratin de notre société. Des personnages parmi les plus

influents qui soient. Jamais je n'aurais cru
qu'autant de hauts fonctionnaires puissent avoir
des problèmes de santé ! On les renvoie chez eux
guéris, et la publicité se fait d'elle-même.

« A travers tout l'EMGAL, on commence à
savoir qu'il existe sur ce foutu planétoïde un gars
capable de soigner tous les maux. Au début, j'ai
fait ce qu'il fallait pour que cela se sache. C'est
pour cela qu'Aïla m'a ménagé ! Elle avait besoin
de ma connaissance de l'EMGAL, et aussi des
relations que je possède dans tous les milieux.
Maintenant, c'est elle qui tire parti de la situation. Elle les tient tous, grâce à cette puissance
dont je croyais pouvoir disposer seul. »

Il se fit soudain véhément.

— Imagine un peu ce que sera ce monde dans
quelques années, Chris ! Quand elle aura soumis
à sa volonté tous ces gens qui tiennent les rênes
du pouvoir ! Ils savent qu'ils dépendent de cette
chose fabuleuse qui peut prolonger la vie, et
qu'ils n'ont même pas pu contempler une seule
fois. Alors, ils paient avec ce qu'ils ont. De
l'argent parfois, des secrets d'Etat le plus souvent. Peu à peu, ils deviendront totalement
dépendants de cette fabuleuse puissance dont
dispose Aïla. C'était cela qu'elle voulait, Chris :
échapper à son univers trop étroit, et dominer...
autre chose. Elle est hors d'atteinte, parce
qu'elle possède la faculté de s'intégrer au Cristal ! Ce cristal qui est en fait un univers à part.
Elle me l'a avoué. Quelque chose comme un
microcosme...

— Tu l'as donc revue ? interrogea Chris.

Trenton émit un rire sans joie.

— Il m'arrive de la revoir, en effet. Quand elle a besoin de mes services. Alors, elle m'appelle, et je viens, comme un toutou docile. Une fois, j'en ai eu assez, et j'ai décidé de la tuer.

Il eut une sorte de sanglot désabusé et son regard se perdit dans le vide.

— Elle nous a bien eus, sur Krypta, alors que tous croyaient que je pouvais la tuer. Dans la sphère d'action du cristal, elle est pratiquement invulnérable. Tu comprends ce que cela veut dire, Chris ? On ne peut pas la tuer quand elle est à proximité du Cristal de Vie ! Il faudrait sans doute d'abord détruire ce minéral, et il est indestructible ! Comprends-tu ce que cela signifie, maintenant ?

Il laissa passer un court silence, puis murmura d'une voix rauque :

— Elle est devenue immortelle, Chris... *Elle a trouvé le secret de l'immortalité en s'intégrant au Cristal de Vie !* Et il lui fallait un univers à la taille de cette immortalité, qui risquait de devenir pesante sur un monde aussi restreint que Krypta ! Sur Krypta, elle pouvait tout contrôler, mais cela ne lui suffisait pas. Elle a tout fait pour échapper à ce monde étroit. Elle s'est servie de Carl Baum, parce qu'elle avait réalisé qu'il était matériellement impossible de transférer le Cristal dans l'Univers Extérieur en utilisant le biais du couloir transférentiel qu'elle avait inventé ! Il lui fallait trouver un autre moyen pour gagner notre univers, et ce moyen, elle l'a attiré sur Krypta en se servant de Carl Baum et de ses connaissances en matière de supra-espace. Elle avait besoin d'un vaisseau cosmique, et elle l'a obtenu grâce à nous !

« Maintenant, elle est en mesure de dominer notre monde, d'en faire ce qu'elle veut... Peut-être un univers à l'image de Krypta, avec ses lois aberrantes. Il ne lui faudra pas longtemps pour arriver à ses fins. Le plus dur est déjà fait ! Bientôt, elle n'aura plus besoin de moi, et je ne pèserai pas lourd entre ses mains. Déjà, elle ne me laisse plus approcher du Cristal de Vie, sauf quand elle a besoin de renseignements. »

— Mais... tous ces malades, intervint Ten-Sin. Elle les laisse forcément approcher du rayonnement vital !

— C'est vrai, murmura Trenton. Mais elle a pris ses précautions. Maintenant, le Cristal est enfermé dans un endroit protégé par des gardes armés qu'elle a subjugués comme elle m'a subjugué moi-même. Aucun des malades n'a pu jusqu'à maintenant contempler le cristal lui-même. Il est enfermé dans une véritable salle blindée, et le rayonnement est simplement cana-lisé par une ouverture minuscule dans la paroi. J'ai tenté à plusieurs reprises de pénétrer dans ce véritable coffre-fort. Mais les Iskars qui gardent l'entrée sont littéralement conditionnés. Ils m'auraient froidement abattu si j'avais fait mine d'insister...

« Ils ne me laissent entrer que lorsque Aïla me réclame. C'est à l'occasion d'une de ces entrevues que j'ai pu dissimuler sur moi une arme. Ce même poignard que j'avais utilisé sur

Krypta... Les armes thermiques sont automatiquement détectées par les Iskars de sa garde personnelle. Quand je me suis trouvé en sa présence, je l'ai frappée. J'ai vu couler son sang, mais elle riait ! Oui, elle riait ! Et les plaies se refermaient d'elles-mêmes sous l'effet du rayonnement vital... Il faut l'avoir vu pour le croire ! J'ai essayé également de l'attirer hors de la sphère active du Cristal. Mais elle a refusé. *Parce qu'elle sait qu'elle deviendrait alors vulnérable !* »

Il fixa de nouveau Chris et Ten-Sin, de ses yeux injectés de sang.

— Voilà où nous en sommes, dit-il d'une voix étouffée. Je l'aime et je la hais... Sais-tu de quoi je suis en train de crever, Chris ? De désespoir... Bientôt, elle n'aura plus besoin de moi. Elle saura tout ce qu'elle a besoin de savoir, et ce monde lui appartiendra... Elle en fera sa chose. Alors, fini Bari Trenton ! Elle me rejettera comme un objet inutile !

— Il faut récupérer le Cristal de Vie, souffla Ten-Sin. Il le faut !

Trenton secoua la tête.

— C'est impossible. Pour cela, il faudrait pouvoir entrer dans la pièce où il est enfermé, et les gardes ne laissent approcher personne à proximité de la porte blindée qu'ils sont les seuls à pouvoir ouvrir de l'extérieur. Je ne sais même pas pourquoi je vous ai raconté toutes ces choses. Cela ne changera rien au problème. Tant qu'elle sera intégrée au cristal, Aïla est inaccessible.

— Les Cristaux de Vie doivent se régénérer, durant certaines périodes, reprit Ten-Sin, poursuivant visiblement une idée précise.

— Exact, admit Trenton. Le rayonnement vital disparaît durant ces périodes, de durée variable. Mais dans ces moments-là, Aïla se trouve à l'intérieur de ce microcosme dont nous ne pouvons avoir la moindre idée. Là encore, elle est inaccessible ! Et le cristal reste indestructible. Elle m'a avoué une fois qu'elle n'avait pas menti en affirmant que sa mort entraînerait du même coup celle du Cristal, depuis qu'elle a pu réaliser son intégration totale à ce monde inconnu. Mais cela ne change rien à l'affaire, puisqu'il est virtuellement impossible de tuer Aïla !

— Nous pouvons tenter de nous emparer du Cristal durant une des périodes de régénération, s'entêta Ten-Sin. A ce moment, Aïla ne peut intervenir extérieurement...

Trenton fit la grimace.

— Mais elle s'empresserait de le faire dès que le cristal serait régénéré. De toute façon, pour s'emparer du Cristal, il faudrait encore pouvoir pénétrer à l'intérieur du local où il est entreposé. Dans les périodes de régénération, les gardes tirent à vue sur quiconque tente d'approcher de la porte blindée !

— Ils ne tireront pas sur moi, affirma calmement Ten-Sin. Ils ouvriront la porte blindée, et j'entrerai dans cette pièce pour prendre le Cristal de Vie... Ensuite, nous verrons bien ce qui se passera... Il se peut que nous ayons besoin de votre aide pour quitter VK-67, Bari Trenton... Vous voyez, il vous reste encore une possibilité de racheter vos erreurs.

— Vous êtes folle, soupira Trenton. Vous n'y arriverez jamais...

Il émit de nouveau un rire amer.

— Racheter mes erreurs ! Comment rachèterai-je la vie d'un Carl Baum ? Et celle de sa femme...

— Sofia Baum est morte ? intervit Chris, le regard durci.

— Elle s'est suicidée dans sa cabine, parce qu'un de mes hommes lui a révélé que son mari avait été abattu, murmura Trenton d'une voix éteinte. Et moi, je vais mourir parce que je me suis mis à aimer une garce ! La punition est exemplaire, non ?

CHAPITRE XV

Cela faisait maintenant près d'une heure que Ten-Sin avait disparu dans une pièce attenante. Un des hommes de Trenton avait été envoyé jusqu'à la nef de Chris pour y prendre certaines choses indispensables à la jeune femme, entre autres la fameuse robe rouge que portait Ten-Sin au moment du transfert depuis Krypta.

— Vous n'y arriverez pas, soupira Trenton en se remettant à faire les cent pas à l'intérieur de la pièce où il se trouvait en compagnie de Chris. Les Iskars sont terriblement intuitifs, tu le sais aussi bien que moi...

— On peut toujours essayer d'endormir leur intuition, renvoya Chris, visiblement tendu malgré la confiance qu'il semblait afficher. Il ne faudra pas leur laisser le temps de réfléchir. Je crois que Ten-Sin peut les abuser pendant un certain temps... Si nous pouvions...

Il s'interrompit brusquement en voyant apparaître une silhouette en robe rouge vif, à l'autre extrémité de la pièce. Trenton se retourna, et devint d'une pâleur mortelle.

— Bon Dieu ! Ça n'est pas possible, haleta-t-il.

C'était Aïla qui venait de pénétrer dans la pièce. Elle regardait les deux hommes en souriant. La longue robe rouge tombait jusqu'à ses pieds nus, et un grand cercle jaune marquait le devant du vêtement. Ses cheveux d'un blond doré effleuraient ses épaules rondes.

— Les produits que vous avez pu me procurer ont fait merveille, Bari, lança la jeune femme. Qu'en pensez-vous ?

Trenton s'était mis à trembler nerveusement. Il paraissait soudain incapable de détacher son regard du visage souriant de la jeune femme. Chris mesura à cet instant précis à quel point le « Commodore » était obsédé par la pensée d'Aïla.

— Du calme, Bari, dit-il doucement. Ne te laisse pas prendre aux apparences... Ce n'est pas Aïla qui se trouve actuellement devant toi, tu le sais. Mais ta réaction nous prouve au moins une chose : la ressemblance entre Ten-Sin et sa sœur est maintenant parfaite. Il suffisait d'une décoloration, et de quelques artifices, comme tu peux le constater. Si cette transformation a pu t'abuser un instant, elle devrait pouvoir abuser les gardes, non ?

— C'est... prodigieux, grogna Trenton en se calmant progressivement. Je n'avais pas réalisé à quel point elles se ressemblaient. Il n'y a qu'un détail qui ne colle pas : les yeux. Ten-Sin a les yeux sombres, et Aïla les a presque bleus...

— Je sais, soupira Ten-Sin. Mais je puis difficilement changer la couleur de mes yeux.

— Il faudrait des lentilles de contact, émit Chris.

Trenton secoua la tête.

— Vous ne trouverez pas ce genre de chose sur VK-67, et de toute façon, nous n'avons plus le temps de fignoler. Le Cristal va entrer en période de régénération d'un moment à l'autre.

Il réfléchit un moment, puis son visage s'éclaira.

— Il existe un moyen..., fit-il d'une voix excitée. L'éclairage de la zone du palais où se trouve le Cristal ! Durant ce qui correspond à la nuit, il diminue sensiblement d'intensité. Je peux agir encore sur les commandes automatiques de la centrale de contrôle. Cela arrive parfois, quand nous devons économiser l'énergie centrale de VK-67 ! Les gardes n'auront aucune raison de trouver cela anormal !

— Ce qu'ils risquent de trouver anormal, c'est qu'Aïla vienne de l'extérieur, alors qu'ils ne l'ont pas vue sortir, objecta Chris. C'est cela, le point délicat.

— Ils doivent tout ignorer du secret des Cristaux, intervint Ten-Sin. Je trouverai bien une explication si je sens qu'ils se méfient. Il faut qu'ils nous laissent pénétrer à l'intérieur de cette salle !

Trenton consultait son chrono universel.

— Normalement, le Cristal devrait entrer maintenant en période de régénération. Allez-y, Chris... Allez-y vite, avant que je ne change

d'avis. Je ne suis pas certain que... que je
tiendrai le coup jusqu'au bout.

Il secoua la tête, et ses épaules s'affaissèrent
un peu plus.

— Non, je ne suis pas certain du tout que
j'aurai jusqu'au bout le désir de m'affranchir de
l'esclavage qu'elle a inventé pour moi...

— Il va falloir que tu nous accompagnes,
Bari, murmura doucement Chris. Nous ne
connaissons pas les lieux. De toute façon, ta
présence ne peut qu'accréditer un peu plus notre
action...

— Tu me demandes l'impossible, Chris, soupira Trenton. Je ne me sens pas la force de
participer directement à cette action.

Chris le regarda bien en face, le regard
soudain durci.

— Ecoute bien, Bari, scanda-t-il. Je comprends ce que tu peux ressentir en ce moment,
mais je n'oublie pas que tout ce qui est arrivé
s'est produit par ta faute.

— Je... je n'ai pas vraiment voulu tout cela,
souffla Trenton. Elle m'a envoûté, Chris. C'est
elle qui m'a dicté la plupart de mes actes ! Je la
hais !

Il parut puiser dans cette haine farouche le
sursaut de volonté qui allait lui faire défaut, au
moment crucial, et il redressa soudain la tête. Il
n'y avait plus la moindre hésitation dans son
regard.

— Ça va, Chris, dit-il d'une voix plus ferme.
On dirait que tu as gagné sur toute la ligne,
hein ? Allons-y...

*
* *

Ils quittèrent le repaire de Trenton par une autre porte que celle par laquelle ils étaient entrés, et gagnèrent directement la centrale énergétique de VK-67. Trenton donna des ordres brefs aux techniciens qui surveillaient le fonctionnement des nombreux appareils, et revint vers Chris et Ten-Sin qui attendaient dans un coin d'ombre de l'immense local, creusé à même la roche sombre du planétoïde.

— Tout va bien, annonça-t-il en les entraînant de nouveau dans un dédale de couloirs faiblement éclairés. Ils vont annoncer une baisse de tension provisoire sur certains secteurs, et personne ne trouvera cela anormal.

Tout en marchant, Chris observait Ten-Sin, dont l'attitude s'était considérablement modifiée, et un frisson le parcourut des pieds à la tête. Les traits de la jeune femme possédaient maintenant cette dureté sous-jacente qu'il avait pu observer chez Aïla. Il en ressentit une impression bizarre, imprécise. La métamorphose de Ten-Sin était totale, et provoquait en lui un malaise sourd. Il en arrivait à se demander si la jeune femme jouait un rôle, ou...

— Attention, souffla Trenton, nous arrivons.

— Reste en retrait, Chris, murmura Ten-Sin. Et vous, Bari, demeurez à ma gauche. Ne dites rien. Essayez de prendre une attitude aussi abattue que possible. L'attitude que vous avez quand elle vous fait venir près d'elle...

Chris effleura du bout des doigts la crosse de

l'arme que lui avait remise Trenton avant de quitter son appartement. Si les choses tournaient mal, ils n'auraient plus que la ressource de tirer dans le tas...

Ils débouchèrent dans une vaste salle en rotonde et un garde se dressa soudain devant eux, l'arme à la hanche. Ten-Sin s'immobilisa, le regard dur.

— Fais ouvrir la porte du réceptacle, dit-elle d'une voix glaciale.

Médusé, l'Iskar regardait Trenton qui s'était immobilisé, tête basse, avec un air de chien battu, et Chris, qui se tenait légèrement en retrait, distant et impassible.

— Qui est cet homme ? interrogea le garde, à la fois soupçonneux et plein d'un respect craintif pour celle qu'il semblait prendre pour Aïla.

— Ne pose pas de questions, gronda Ten-Sin. Demande aux autres d'ouvrir la porte. Il y a eu une interférence au moment de l'entrée en régénération du Cristal. J'ai été projetée accidentellement à l'extérieur.

Sa voix elle-même était devenue celle d'Aïla. Trenton tremblait nerveusement. Ten-Sin poursuivit :

— Cette loque a essayé de me tuer, une fois de plus ! dit-elle avec une fureur contenue parfaitement imitée. L'homme qui nous accompagne s'est chargé de ma protection, hors de la zone habituelle. Maintenant, Trenton va avoir le châtiment qu'il mérite. Fais ouvrir cette porte, ou ma colère pourrait bien s'étendre à vos misérables personnes !

L'Iskar s'inclina devant celle qu'il prenait pour Aïla, et Chris réalisa à quel point l'influence de la prêtresse de Zarka s'exerçait sur ces êtres repoussants de laideur. Dans l'éclairage diffus qui baignait la rotonde, l'Iskar n'avait pas remarqué la différence de coloration du regard. D'ailleurs, pas une seule fois il n'avait vraiment osé lever les yeux vers celle qui se tenait devant lui, hautaine. Il fit demi-tour et se précipita vers les autres gardes, répartis de part et d'autre d'une énorme porte blindée, leurs armes prêtes à cracher la mort.

Ten-Sin se remit en marche, fière et inaccessible comme devait l'être Aïla quand elle daignait apparaître à ses hommes. Trenton suivit le mouvement comme un chien docile, et Chris continua à fermer la marche, une main posée ostensiblement sur la crosse de son arme, et le regard fixé sur le dos de Trenton. Une attitude qui pouvait paraître tout à fait normale après les explications données par Ten-Sin.

Le premier garde parlementait avec les autres. Il sut être convaincant car un des Iskars se précipita vers une commande murale qu'il manœuvra avec des gestes qui trahissaient un certain empressement. Les autres baissaient la tête, soumis. Aïla les avait bien dressés !

Quand la lourde porte s'escamota vers le haut, dans un glissement feutré, Chris sentit une excitation formidable l'envahir, et il dut faire un effort surhumain pour demeurer impassible. Ten-Sin s'avança vers l'entrée béante, ouverte sur une sorte de couloir sombre, au fond duquel fluctuait une lueur incertaine. Elle s'arrêta à la hauteur d'un des gardes et le toisa de haut.

— Laissez la porte ouverte. Nous devons emmener le cristal ailleurs. Mais vous demeurerez ici jusqu'à ce que je vous fasse parvenir mes ordres. Nul ne doit savoir que le Cristal n'est plus à l'intérieur de ce réceptacle. Compris ?

Son autorité subjugua le garde, qui ne fit aucun mouvement quand elle pénétra à l'intérieur de la pièce sombre. Il était tellement conditionné qu'il n'osait même pas jeter un coup d'œil à l'intérieur !

Poussant Trenton devant elle, Ten-Sin marchait vers la faible lueur qu'elle devinait au fond de cet antre dont ils distinguaient à peine les murs revêtus d'un métal mat.

— Le cristal, souffla-t-elle, retrouvant sa voix habituelle. Il est là...

Le prodigieux minéral était posé sur un socle qui semblait fait d'or massif, et il luisait faiblement dans la pénombre. Chris le contempla longuement, puis jeta un coup d'œil en direction de la porte restée béante. Les gardes étaient invisibles. Il attira l'attention de Trenton qui tremblait de plus en plus violemment en regardant le Cristal.

— Bari..., souffla-t-il. Qu'y a-t-il sur ces parois. On dirait...

— Du plomb, murmura Trenton d'une voix à peine audible. Il arrête le rayonnement du Cristal, qui est seulement canalisé vers cette ouverture que tu peux voir là-bas. Elle donne sur la salle où les malades sont amenés un par un...

— Du plomb, hein ? gronda sourdement Chris... frappé soudain par une idée qui venait de jaillir dans son esprit en alerte. Ten-Sin... Il faut prendre le cristal, et regagner la nef au plus vite. Je crois que j'ai une idée... Bari ! Il faudra nous faciliter le décollage en catastrophe. C'est possible ?

— Il me reste encore suffisamment d'autorité sur les types extérieurs au système d'Aïla. Je ferai le nécessaire. Mais fais vite, Chris. Je n'en peux plus ! Elle est là, je le sens... Elle sait que nous sommes en train d'essayer de l'avoir, mais elle ne peut échapper au Cristal tant qu'il est en régénération. Elle peut essayer d'activer le mouvement...

Ten-Sin continuait à fixer le fabuleux minéral.

— La luminescence a légèrement augmenté, constata-t-elle d'une voix tendue. Aïla a compris qu'un danger la guette.

Elle s'empara du Cristal de Vie, avec des gestes empreints d'une douceur incroyable, et considéra un instant cette chose à peine plus grosse que le poing, et qui pouvait encore changer la face de tout un univers.

— Maintenant, Ten-Sin, souffla Chris. Il faut partir... Ne pas laisser aux gardes le temps de se reprendre. Je me méfie de ces Iskars... Ils ont parfois des réactions imprévisibles.

Ten-Sin croisa brusquement les bras à l'intérieur des larges manches de sa robe, faisant du même coup disparaître le précieux minéral.

Chris constata que le grand cercle doré qui marquait le devant de la robe était en train de se désagréger. La teinture tenait mal sur le tissu synthétique...

— Foutons le camp d'ici, les pressa Trenton en tremblant de plus en plus fort.

Il paraissait incapable de maîtriser ce tremblement nerveux. Chris le surveillait du coin de l'œil. Il pouvait craquer d'une seconde à l'autre, revenir sur sa décision et donner l'alerte. Il n'était plus depuis longtemps dans son état normal. Il devait penser à Aïla, prisonnière de ce cristal qu'emportait maintenant Ten-Sin...

— Il faudra que vous m'emmeniez avec vous, haleta-t-il. Je... je n'aurai pas le courage de rester seul...

— Ferme-la un peu, intima durement Chris.

Ils approchaient de nouveau de la grande porte blindée. Au moment de la franchir, Ten-Sin retrouva comme par miracle l'attitude fière et presque méprisante d'Aïla pour se tourner vers les gardes.

— Refermez la porte, et souvenez-vous : nul ne doit savoir ce qui vient de se passer. Vous en répondrez sur votre vie !

Un des gardes fixait le cercle doré imprimé sur la robe de Ten-Sin. Son regard glauque avait une fixité anormale, et il paraissait réfléchir intensément. Chris connaissait le phénoménal pouvoir de réflexion de ces êtres difformes, et il sentit une sueur glaciale lui couler le long de l'échine. Ils se remirent en marche alors que l'Iskar commençait à se dandiner d'une jambe sur l'autre, ce qui trahissait généralement chez ces êtres curieux un certain malaise.

— Un moment ! lança-t-il d'une voix gutturale, alors que Ten-Sin allait atteindre l'extrémité de la rotonde.

Chris sentit tous ses nerfs se tendre brusquement. Il fit volte-face avec la rapidité d'un serpent qui se détend. Dans la fraction de seconde qui suivit, son arme crachait la mort... Le flux éblouissant jailli du tube de tir balaya le groupe des gardes, avant qu'ils aient eu le temps d'esquisser un geste de défense.

— Foncez ! hurla Chris en tirant une dernière fois en direction d'un des Iskars qui s'était rejeté vers la droite pour échapper aux flammes dévorantes qui rongeaient les corps agités de soubresauts de ses semblables.

Trenton avait également exhibé une arme, qu'il portait probablement dissimulée sous la combinaison souple dont il était vêtu, mais Chris le bouscula à l'abri de la paroi rocheuse, alors qu'un long trait de feu fusait dans leur direction.

— Laisse tomber, Bari. Il faut foncer jusqu'au sas avant qu'ils aient eu le temps de donner l'alerte générale. Ta présence devrait suffire à nous ouvrir toutes les portes.

Ils s'élancèrent tous les trois, Trenton en tête. Le « Commodore » avait le mérite de connaître parfaitement les lieux, et ils purent sortir sans encombre du palais. Sur l'esplanade, les malades attendant patiemment leur tour dormaient à même le sol, et ils durent enjamber des corps pour la traverser, sous l'œil surpris des gardes chargés de canaliser les files d'attente. Mais la présence de Bari Trenton, qui semblait avoir repris son self-control, les dissuada d'intervenir, et les trois fugitifs purent atteindre la zone des plates-formes d'envol sans avoir été inquiétés.

Là encore, la présence de Trenton fit merveille. Quand l'alerte générale résonna à l'intérieur de VK-67, sous la forme d'une puissante stridulation intermittente, Chris se ruait déjà aux commandes de la nef.

Le panneau extérieur du sas commençait à se refermer et une voix excitée faisait vibrer les haut-parleurs du poste de pilotage quand il lança les générateurs à pleine puissance.

— *Interdiction à tout appareil de quitter la sation !* hurlait un opérateur. *Attention à la fermeture du sas principal ! TTX-295, stoppez immédiatement vos générateurs. Vous devez vous présenter au contrôle pour...*

Le bruit strident des moteurs photoniques fit vibrer la structure de la nef, qui glissait déjà sur sa rampe. Dents soudées, Chris fixait l'écran, devant lui. Le panneau du sas principal continuait à se refermer inexorablement.

— Ça ne passera pas ! hurla Trenton. Coupe tout, Chris ! C'est foutu !

Cela passa pourtant, de justesse, et la nef s'élança dans l'immensité piquetée d'étoiles, ses propulseurs lancés à pleine puissance. Derrière elle, le sas principal de VK-67 vomissait dans l'espace un torrent de métal fondu et de feu. C'était sans aucun doute la première fois qu'un vaisseau quittait ainsi le planétoïde, en mettant en marche immédiatement ses moteurs photoniques, au lieu d'utiliser seulement les générateurs anti-gravité pour s'éloigner en douceur de la station.

— Ils vont avoir autre chose à faire que de se lancer à notre poursuite ! jubila Chris.

Rivé à son fauteuil, Bari Trenton essuyait d'une main tremblante la sueur qui inondait son front.

— C'était quand même tangent, gronda-t-il. Pour un simple flic, tu ne te défends pas trop mal, Chris.

— Ah !... Tu es au courant, soupira Chris.

— J'ai pris contact avec Tiriak, dès mon retour, précisa Trenton d'une voix morne. Mais maintenant, ça n'a plus aucune importance, n'est-ce pas ?

Chris regardait Ten-Sin, assise à sa droite, et maintenue par son harnais magnétique. La jeune femme regardait le cristal qu'elle tenait au creux de ses deux mains réunies en coupe.

— Non, ça n'a plus aucune importance, souffla-t-il.

CHAPITRE XVI

Chris avait confié le pilotage de la nef aux dispositifs automatiques, et il avait rejoint Bari Trenton et Ten-Sin qui ne quittaient pas des yeux le fameux Cristal de Vie, déposé dans un recoin du laboratoire d'analyses du bord, sur une tablette métallique.

Trenton paraissait fasciné par la faible luminosité qui émanait du minéral. Il murmura :

— Chris... La régénération touche à sa fin. J'espère que ton idée est réalisable, sinon, nous sommes foutus...

— De toute façon, nous n'allons pas tarder à être fixés, émit Ten-Sin d'une voix blanche.

Elle avait retrouvé son apparence habituelle, après un rinçage spécial qui avait redonné leur coloration sombre à ses cheveux, et elle avait remplacé la robe rouge des prêtresses de Zarka par la robe qu'elle avait trouvée chez Sofia Baum. Chris se fit la réflexion qu'il la préférait ainsi. Le malaise qu'il avait ressenti quand elle avait pris l'apparence d'Aïla s'était dissipé, mais une certaine anxiété subsistait en lui. Il avait échafaudé un plan, mais ce plan pouvait échouer, et alors...

Il s'approcha d'un pupitre constellé de boutons et de manettes, et son regard se fixa quelques secondes sur un minuscule levier métallique. Un simple geste à faire, au bon moment, et il saurait si sa théorie était valable. Dans le cas contraire, Aïla ne leur laisserait probablement aucune chance...

— Reculez, ordonna-t-il. Vous êtes trop près du Cristal.

Un frémissement secoua le corps de Ten-Sin.

— Ça y est, Chris, souffla-t-elle en reculant de quelques pas pour rejoindre Trenton qui se tenait maintenant près de la porte du local exigu. La régénération est terminée. Aïla va disposer de nouveau de toute la puissance du Cristal de Vie !

Son regard croisa celui de Chris, et il put déceler au fond des prunelles sombres de sa compagne une lueur de panique ! Il tenta sans grand succès un sourire rassurant.

— Ne bougez plus, maintenant, recommanda-t-il en fixant de nouveau le Cristal qui s'auréolait d'une luminosité intense.

Il lui sembla qu'il ressentait les effets de cette luminosité qui s'étendait progressivement dans leur direction, avec des fluctuations bizarres. Il devait lutter contre une étrange somnolence. Sa main glissa instinctivement en direction du minuscule levier métallique. Il éprouvait la tentation de l'abaisser maintenant.

— Pas encore, Chris ! souffla Ten-Sin.

Chris se reprit. Il secoua la tête comme un boxeur sur le point de basculer dans le K.O. et réussit à secouer la curieuse apathie qui s'emparait de lui. Tenir... il fallait tenir encore un peu. Il continuait à fixer le Cristal dont la structure minérale disparaissait presque au milieu de l'aura éblouissante.

Et soudain, une forme indistincte apparut au centre de la luminescence qui prenait des tons irisés. Une forme qui se précisait de seconde en seconde. Chris sentit un frisson désagréable lui parcourir tout le corps, et il se mit à respirer trop vite, malgré lui.

La forme imprécise devint rouge vif, puis se précisa d'un seul coup. Aïla se tenait maintenant debout, tout près du Cristal dont la luminosité avait quelque peu diminué. Son visage n'était encore qu'une tache pâle, sans consistance, mais ses traits apparurent peu à peu, et Chris constata qu'elle avait décidé de jeter le masque... La fureur empourprait ce visage devenu haineux, mais il subsistait une lueur ironique et méprisante dans le regard clair, presque flamboyant.

— Vous ne pouvez rien contre moi, étrangers ! lança soudain la prêtresse de Zarka ! *Rien, vous entendez !* Vous n'avez fait que retarder l'échéance, mais je saurai vous le faire regretter !

Chris haletait. Il fallait qu'elle avance vers eux. Ne serait-ce que d'un mètre. Elle était trop près du Cristal. Beaucoup trop près... Il se souvint des extraordinaires facultés parapsychiques des Kryptiens, et il refoula désespérément les pensées qui s'insinuaient dans son cerveau.

Aïla essayait de savoir... Il fallait absolument qu'il résiste. Parler. Dire n'importe quoi...

— Tu ne réaliseras jamais ton projet insensé, Aïla, gronda-t-il, laissant déferler en lui une fureur sauvage qui pouvait masquer ses pensées les plus intimes. Tu as dès maintenant perdu la partie. Nous avons emmené le Cristal hors de VK-67. Tu n'as plus personne pour te protéger !

Les pensées parasites refluaient, mais le malaise persistait. Il devait y avoir autre chose. Le rire méprisant d'Aïla fit vibrer presque douloureusement ses tympans :

— Me protéger ! Tu es drôle ! Chris Landsen ! Rien ne peut m'atteindre, maintenant, du devrais déjà le savoir ! Prends cette arme terrifiante dont tu disposes. PRENDS-LA ET ESSAIE DE ME TUER !

Incapable de résister à l'injonction, Chris arracha son pistolet thermique de son étui et le braqua sur Aïla qui riait toujours, la tête rejetée en arrière. Il écrasa sauvagement la détente, malgré les efforts désespérés qu'il faisait pour refuser ce geste inutile. Il ne se produisit strictement rien, et le rire d'Aïla redoubla.

— Tu vois bien, Terrien... Nul ne peut m'atteindre, lança-t-elle en faisant un pas en avant. Mais moi, je puis vous détruire, tous les trois. Toi, Chris Landsen, et Bari Trenton qui a cru pouvoir échapper à son sort, et Ten-Sin, qui aura compris un peu trop tard ce que pouvaient être les Cristaux de Vie ! Regardez !

Chris lâcha son pistolet thermique inutilisable. Il lui semblait que sa respiration haletante

faisait un bruit d'enfer dans cet espace restreint.
Il n'arrivait plus à détacher son regard de la
silhouette scintillante d'Aïla, et il tentait vaine-
ment de se souvenir de ce qu'il devait faire. Il
avait prévu un geste tout simple, mais son
cerveau refusait obstinément de réagir...

Deux formes fluidiques vaguement bleutées
venaient d'apparaître de part et d'autre d'Aïla.
Elles demeuraient immatérielles, et flottaient
au-dessus du sol, changeant perpétuellement de
forme. Le malaise de Chris s'accentuait de
seconde en seconde. Il lui semblait que ces deux
fantômes l'attiraient vers eux. Pourtant, il avait
la certitude qu'il demeurait immobile...

— Vous allez mourir, tous les trois, lança
Aïla en faisant un nouveau pas en avant, comme
pour leur démontrer qu'elle n'avait rien à craindre d'eux. Mais avant, vous aurez sans doute
une vision très brève de ce que peut-être le
Cristal de Vie. Il ne pouvait pas être un simple
minéral aux propriétés un peu spéciales... Il est
à lui seul un univers entier. Mais un univers
désespérant qui ne présente en soi aucun intérêt... Ce que vous voyez en ce moment, ce sont
deux des êtres qui existent à l'intérieur du
Cristal. Ils n'ont pu s'échapper momentanément
de leur dimension que par ma seule volonté.

Le rire grinçant de la prêtresse de Zarka
résonna de nouveau aux oreilles bourdonnantes
de Chris.

— Ils savent qu'ils dépendent totalement de
moi, maintenant que j'ai percé les secrets de leur
existence. Leur puissance, confinée à l'intérieur

de cet univers en réduction que sont les Cristaux
de Vie, est devenue *ma* puissance ! C'est dans
leur univers que vous disparaîtrez à tout
jamais... Dans l'univers des *Hyper-Spatiaux* !

Et Chris eut une brève vision de cet univers
impensable... Un monde à la fois minuscule et
immense, avec ses soleils, ses étoiles mortes, et
des planètes où erraient ces formes bleutées, au
milieu de paysages de cauchemar. Un univers
mort... Il capta en une fraction infime de ce
Temps qui allait lui échapper, le désespoir
profond de ces êtres inconnus, prisonniers de la
volonté inflexible d'Aïla. Des êtres qui pen-
saient. Mais cette pensée dépendait de la pensée
d'Aïla...

— *Si elle mourait...*

— Si je mourais, il n'y aurait plus de Cristaux
de Vie ! ricana Aïla. Mais je ne puis plus
mourir !

Chris la distinguait de plus en plus mal. Il ne
savait plus contre quoi il devait se battre. Les
Hyper-Spatiaux... Ils étaient en train de l'entraîner dans leur univers aberrant. Il allait se perdre
à tout jamais au milieu de ces mondes sans
espoir...

— Non ! hurla-t-il à pleins poumons.
L'écran ! L'ECRAN !

La pensée de Ten-Sin s'insinua en lui :

— *Maintenant, Chris ! Maintenant, je t'en
supplie. Notre dernière chance !*

Il eut brièvement conscience qu'il effectuait
enfin ce geste vital qu'il avait prévu. Il le fit au
prix d'un effort de volonté qui n'appartenait pas

qu'à lui seul. Ten-Sin... Leurs deux volontés s'étaient brusquement associées pour qu'il puisse faire ce geste crucial.

Il crut qu'il allait perdre pied sous l'effet d'un vertige intense. Et ce vertige se transforma soudain en une joie sauvage qui ranimait en lui la conscience de son existence matérielle.

Il eut l'impression qu'il retrouvait d'un seul coup une vision normale des choses. Devant lui, Aïla venait de se retourner dans un sursaut désespéré en direction du Cristal de Vie. Les deux formes fluidiques avaient disparu, et elle se heurtait maintenant à une surface lisse et mate, qui venait de s'interposer entre elle et le fantastique minéral. Chris cherchait un rythme de respiration plus normal :

— Tu as perdu, Aïla, dit-il péniblement. Regarde ce métal... Un écran de plomb. Il servait à isoler en cas de besoin de certaines matières radioactives... Il m'a suffi d'abaisser cette manette, et il est brusquement tombé entre le Cristal et toi... Comprends-tu ce que cela signifie ?

Aïla était devenue d'une pâleur mortelle. Un long cri franchit sa gorge. Un cri de bête blessée, inhumain, sauvage... Elle martela de ses deux poings la surface de l'écran qui ne rendit qu'un son ridiculement mat. Puis elle fit demi-tour et s'y adossa, comme si elle avait voulu y incruster son corps. Son visage était déformé par la haine, et devenait d'une laideur abjecte. Chris ramassait son pistolet thermique, le regard inexpressif. Il le braqua sur la prêtresse de Zarka :

— Et maintenant, Aïla ? fit-il.

La peur se substitua à la haine, sur les traits de la jeune femme.

— Si tu me tues, tu tueras du même coup tous les êtres qui vivent à l'intérieur du Cristal. Ils ne vivent encore que parce que je vis moi-même ! Un génocide auquel tu répugnes, n'est-ce pas ? Tu as senti leur présence, Chris Landsen... Tu sais que nul n'a le droit de supprimer la vie... Ils sont des millions, Chris... Des millions d'intelligences... Leur vie ne tient plus qu'à un fil.

— Ai-je dit que j'allais te tuer, Aïla ? murmura Chris. L'essentiel est de savoir que je puis le faire, maintenant. Tu n'es plus immortelle, hors du rayonnement vital de Cristal...

Il se tourna légèrement vers Bari Trenton, dont le regard dilaté fixait Aïla.

— Regarde-la, Bari... Elle n'est plus rien, maintenant. Rien qu'une femme comme les autres... Regarde-la bien... Et souviens-toi de ce qu'elle voulait faire de toi. Peux-tu encore aimer cette femme ?

— Non, Chris... Je ne peux plus l'aimer. Mais je peux encore la haïr... gronda le « Commodore ».

Il marcha vers Aïla qui tentait de se recroqueviller contre le panneau de plomb, comme si elle pouvait encore en traverser la matière inerte et froide, et il l'empoigna rudement par un bras, pour l'obliger à reculer vers l'entrée du local. Elle cessa de se débattre et gémit de douleur, sous la poigne de fer de Trenton.

— Ça suffit, Bari, émit Chris. Elle est maintenant hors de portée du rayonnement. Ten-Sin...

La jeune femme se rapprocha de lui.

— Il y a un coffret de plomb, à ta droite,
reprit Chris. Je vais ouvrir le panneau. Il faut
placer le cristal dans ce container isolé. Veux-tu
toujours le ramener sur Krypta ?

La jeune femme secoua la tête.

— Je ne sais pas... Je ne sais plus, Chris !
gémit-elle. Tout pourrait recommencer... Ces
êtres immatériels... Ils peuvent être source de
vie, mais... Mais ils me font peur, Chris... Parce
qu'ils sont trop vulnérables !

Chris se tourna vers Bari Trenton, qui maintenait toujours Aïla contre lui.

— Attention, Bari. Pas de bêtises, hein ?
lança-t-il.

— Ne crains rien, Chris, renvoya le « Commodore » d'une voix blanche. J'ai compris beaucoup de choses en bien peu de temps, tu sais...
Elle ne m'échappera pas.

La main droite de Chris abaissa de nouveau le
levier métallique, et le panneau de plomb coulissa silencieusement vers le haut. Le Cristal
était toujours à la même place, mais il n'émettait
plus qu'un éclat affaibli, qui diminuait régulière-
ment d'intensité.

— Il est en train de mourir ! hurla Aïla. Vous
ne comprenez donc pas qu'ils ont besoin de moi,
fous que vous êtes !

Chris et Ten-Sin s'avançaient vers le fabuleux
cristal. La jeune femme portait le container
cylindrique aux parois revêtues de plomb.

Quand ils ne furent plus qu'à quelques mètres du minéral, celui-ci parut reprendre vie, et sa luminosité augmenta un peu. Mais elle était incertaine, parcourue de fuctuations saccadées.

Une forme bleutée s'en détacha soudain, et Chris eut un instinctif mouvement de recul en direction du pupitre de commande.

— Attends, Chris, souffla Ten-Sin... Je... je crois que nous n'avons plus rien à craindre, maintenant...

Chris s'immobilisa, fixant la forme fantomatique qui était agitée de soubresauts bizarres.

— Un Hyper-Spatial, murmura Ten-Sin. Je... je suis en contact mental avec lui. C'est... c'est prodigieux, Chris ! Ne bouge surtout pas... Il est en train de... d'essayer de prendre une apparence matérielle.

Quand cette forme se précisa, Bari Trenton faillit relâcher son étreinte, sous l'effet de la surprise. Devant lui, c'était une nouvelle silhouette d'Aïla qui apparaissait.

— Ne craignez rien, murmura une voix venue de nulle part. Je suis obligé d'adopter l'apparence de l'être qui nous a fait tant de mal, parce que nous sommes encore marqués par sa présence maudite. Ecoutez-moi attentivement, car notre temps est désormais compté...

Un dernier soubresaut, et l'image d'Aïla se matérialisa à quelques pas de Chris et de Ten-Sin. Elle restait vaguement transparente, mais les lèvres remuaient normalement.

— Nous sommes des Hyper-Spatiaux, émit de nouveau la voix, qui semblait se matérialiser dans le vide. Nous vivions autrefois au cœur même de ce que vous appelez le Supra-Espace. Une immensité que vous croyez dénuée de vie. Mais il existe des formes de vie que vous ne sauriez saisir, pas plus qu'il nous est possible à nous d'imaginer réellement votre univers...

« Il y a très longtemps, une interférence cosmique nous a projetés dans ce microcosme emprisonné à l'intérieur de cette chose qui vous apparaît comme un aggloméré minéral, ce cristal étant lui-même prisonnier d'un monde appelé Krypta. Privés des éléments naturels qui nous autorisaient à vivre une existence normale, nous avons dû nous replier sur nous-mêmes dans un monde désespérant. Tous les êtres vivants, doués d'intelligence peuvent difficilement supporter l'idée que leur existence n'aura plus de limites... C'est pourtant ce que nous avons peu à peu réalisé, au cours de siècles dont nous n'avions même plus conscience...

« L'éternité, qui semble tellement fasciner vos semblables, nous était offerte malgré nous, et nous ne savions qu'en faire... La découverte des deux Cristaux enfouis dans le sol de Krypta nous a apporté une certaine forme d'espoir. Sans avoir à manifester notre présence, nous pouvions servir à quelque chose, puisque ce rayonnement qui est l'émanation même de notre existence pouvait apporter quelque chose à d'autres êtres vivants : la Vie... Mais il a fallu qu'Aïla découvre un jour notre secret, et qu'elle réussisse à s'emparer d'un secret auquel elle n'aurait jamais dû accéder. Nous étions à la fois puissants et terriblement vulnérables à cette forme de pensée qui est la vôtre... »

L'être étrange marqua une pause. Il paraissait faire des efforts surhumains pour ne pas désagréger, et la silhouette artificielle d'Aïla était parcourue de frémissements spasmodiques.

— Aïla a réalisé une impossible symbiose entre sa pensée et la nôtre. Elle a créé des conditions de dépendance totale entre elle et nous... Et elle a compris quel parti elle pouvait tirer de cette situation sans issue pour nous. Appelez cela esclavage mental si vous voulez. Nous n'étions pas en mesure de la détruire, et elle nous a imposé sa volonté. Maintenant, elle est éloignée de ce rayonnement qui la rendait si puissante, et qui lui conférait cette même immortalité qui nous est devenue insupportable.

Toujours maintenue par Trenton, Aïla fixait d'un regard fou son propre double. Elle tenta soudain de se dégager, mais le « Commodore » ne se laissa pas surprendre.

— Nous dépendons encore d'elle, reprit le double d'Aïla. Tant qu'elle vit, elle maintient encore la cohérence de cet univers auquel nous avons été intégrés malgré nous. Mais elle nous a au moins rendu notre liberté mentale... Nous aurons la patience d'attendre qu'elle meure. Alors, les forces qui nous retiennent prisonniers du Cristal disparaîtront enfin, et nous pourrons réintégrer notre vraie dimension. Beaucoup d'entre nous mourront, mais notre race retrouvera enfin son équilibre, au sein de ce que vous appelez le supra-espace...

L'être transparent fixait la vraie Aïla, et un sourire étrange erra sur ses lèvres.

— Je crois que nous n'aurons pas à attendre longtemps cette échéance, dit-il.

Aïla tenta de nouveau d'échapper à l'étreinte de Bari Trenton, dont le visage reflétait une véritable tempête intérieure.

— Non ! hurla-t-elle. Laissez-moi ! Vous ne comprenez donc pas ce qu'ils sont en train de faire ?

— Elle va mourir, murmura l'étrange apparition, sans se départir d'un sourire lointain. Avec elle, mourra ce cristal qui a déjà beaucoup de mal à maintenir sa cohésion. Avec elle, mourra aussi l'autre Cristal... Celui qui demeure encore sur Krypta. Et Krypta ne sera plus une chose inaccessible et refermée sur elle-même... C'est certainement mieux ainsi.

L'incroyable apparition étendit le bras gauche en direction de Trenton et d'Aïla, et le « Commodore » fut secoué par un frémissement violent. Brusquement, et avant que Ten-Sin ou Chris aient pu faire le moindre geste pour l'en empêcher, il referma ses mains puissantes sur le cou d'Aïla, qui poussa un hurlement dément, vite étranglé.

— Bari ! Non ! cria Chris en se précipitant.

Il voulut desserrer l'étreinte mortelle, mais Trenton paraissait doué soudain d'une force herculéenne. Rien n'aurait pu l'empêcher d'achever le geste qu'il avait commencé. Ten-Sin se précipita à son tour, mais il était trop tard. Les mains de Bari Trenton s'ouvrirent d'elles-mêmes, et le corps sans vie d'Aïla glissa à ses pieds, vertèbres cervicales écrasées, brisées...

Chris ne put que constater la mort de l'ancienne prêtresse de Zarka. Il se redressa, le visage fermé, et regarda en direction de l'apparition. La silhouette du double d'Aïla devenait impalpable, mais il sembla à Chris que le sourire persistait sur les lèvres.

— Tout est mieux ainsi, murmura l'apparition en se diluant de plus en plus vite dans l'air ambiant. Les Kryptiens trouveront enfin leur voie... Ils ne craindrons plus l'univers extérieur...

L'image disparut brusquement. Ten-Sin fixait le Cristal de Vie... Il n'était plus maintenant qu'une pierre terne et sans éclat particulier... Un simple minéral.

— Il le fallait, murmura Trenton d'une voix étranglée... Ce sont eux qui m'ont fait comprendre ce que je devais faire...

Un sanglot le secoua. Il regardait toujours le corps inerte étendu à ses pieds.

— Je crois que je l'aimais encore, Chris, haleta-t-il. Elle aurait réussi à m'avoir, et tout aurait recommencé. Quand j'ai compris cela, il ne me restait plus qu'à la tuer...

Il prit le corps dans ses bras, et le souleva sans effort apparent. Il regarda Chris et Ten-Sin incapables de prononcer une parole, et fit demi-tour sans rien dire, emportant son fardeau.

— C'est fini, Chris, soupira Ten-Sin. Il n'y a plus de Cristaux de Vie. Ni ici, ni sur Zarka. Je ressens un vide curieux... Il devait exister un lien

entre ce cristal et celui qui est demeuré sur
Krypta...

— Il faut retourner là-bas, murmura Chris
comme dans un rêve. Retourner sur Krypta...

Ten-Sin secoua la tête, et se précipita dans ses
bras.

— Non, Chris. Ce n'est plus la peine, maintenant. Ils n'ont plus besoin de nous. Il va falloir
qu'ils apprennent à vivre autrement, maintenant. Et moi...

Elle leva les yeux vers lui.

— Moi, je dois rester près de toi, Chris...
Plus tard, nous retournerons là-bas... Il faudra
bien ouvrir ces portes que nous voulions garder
closes. Un jour, rien ne s'opposera plus à ce que
Krypta et le monde extérieur se rejoignent. Mais
il faut leur laisser le temps...

Une sonnerie insistante éclata soudain dans
toute la nef, et Chris parut s'éveiller soudain
d'un long rêve. Son visage se crispa, et il
repoussa un peu brusquement Ten-Sin.

— L'alarme des sas ! s'exclama-t-il. Bon
sang !... Bari !

Il s'élança dans la coursive et Ten-Sin se
précipita à sa suite en direction du poste de
contrôle de la nef. Des voyants clignotaient
désespérément sur un des tableaux. Chris sut en
un clin d'œil ce qui venait de se produire. Il se
tourna vers sa compagne.

— Ils sont partis ensemble, chérie, dit-il sourdement. Le sas numéro deux est ouvert sur le
vide... Il l'aimait toujours...

Il secoua la tête, avec une expression bizarre.

— Il lui a finalement offert une autre éternité... Et il a voulu l'accompagner. Un jour, des êtres trouveront peut-être leurs corps enlacés dans le froid terrible de l'espace, et ils ne comprendront pas... Bari a peut-être compris, lui, que la mort pouvait être leur seul refuge à tous les deux...

Il prit Ten-Sin dans ses bras, et son regard erra sur les écrans de visualisation extérieure.

— Où allons-nous, Chris ? demanda la jeune femme.

— Qu'importe ? sourit Chris. Pourvu que nous y allions ensemble.

FIN

DÉJA PARUS DANS LA MÊME COLLECTION

899.	Le fils de l'étoile	Jan de Fast
900.	Ceux d'ailleurs	Paul Béra
901.	Aux confins de l'empire Viédi	Jan de Fast
902.	Libérez l'homme !	Jean Mazarin
903.	Tout va très bien, Madame la Machine	Richard-Bessière
904.	Mission sur Mira	J.-P. Garen
905.	Facultés inconnues	K.-H. Scheer
906.	Impalpable Vénus	Gabriel Jan
907.	L'ordre établi	Christopher Stork
908.	Comme un orgue d'enfer...	Robert Clauzel
909.	Les Androïdes meurent aussi	Dan Dastier
910.	L'île brûlée	Gilles Thomas
911.	L'exilé de l'infini	Piet Legay
912.	Le désert des décharnés	K.-H. Scheer et C. Darlton
913.	Dô, cœur de soleil	Maurice Limat
914.	Palowstown	J.-Ch. Bergman
915.	L'ombre dans la vallée	J.-L. Le May
916.	La peste sauvage	Peter Randa
917.	Triplix	Jacques Hoven
918.	Le règne du serpent	Frank Dartal
919.	Le talef d'Alkoria	Dan Dastier
920.	L'homme alphoméga	Gabriel Jan
921.	Projet Phœnix	Piet Legay
922.	Plus belle sera l'aurore	Jan de Fast
923.	Les bagnards d'Alboral	Peter Randa
924.	Le virus mystérieux	K.-H. Scheer
925.	Les singes d'Ulgor	M.-A. Rayjean
926.	Enjeu : le Monde	Christopher Stork
927.	La cité où le soleil n'entrait jamais	Jan de Fast
928.	D'un lieu lointain nommé Soltrois	Gilles Thomas
929.	Marée noire sur Altéa	Paul Béra
930.	Les roues de feu	K.-H. Scheer
931.	Les Ilotes d'en bas	Peter Randa
932.	Trafic stellaire	Pierre Barbet
933.	37 minutes pour survivre	P.-J. Hérault
934.	Le viaduc perdu	J.-L. Le May
935.	Facteur vie	G. Morris
936.	Sous le signe de la Grande Ourse	K.-H. Scheer

937.	*Branle-bas d'invasion*	Peter Randa
938.	*Dormir ? rêver peut-être...*	Christopher Stork
939.	*Aux quatre vents de l'univers*	Frank Dartal
940.	*Les cités d'Apocalypse*	Jean Mazarin
941.	*Hiéroush, la planète promise*	Jimmy Guieu
942.	*Le mutant d'Hiroshima*	K.-H. Scheer
943.	*Naïa de Zomkaa*	Dan Dastier
944.	*Un passe-temps*	Kurt Steiner
945.	*Les îles de la lune*	Michel Jeury
946.	*La flamme des cités perdues*	Robert Clauzel
947.	*N'Ooma*	Daniel Piret
948.	*Offensive Minotaure*	K.-H. Scheer
949.	*La jungle de pierre*	Gilles Thomas
950.	*Les sphères attaquent*	André Caroff
951.	*Oasis de l'espace*	Pierre Barbet
952.	*Homme, sweet homme...*	J.-Ch. Bergman
953.	*Les lois de l'Orga*	Adam St-Moore
954.	*Safari pour un virus*	J.-L. Le May
955.	*Et les hommes voulurent mourir*	Dan Dastier
956.	*Bactéries 3000*	André Caroff
957.	*Venu de l'infini*	Peter Randa
958.	*Le verbe et la pensée*	J.-L. Le May
959.	*... Ou que la vie renaisse*	G. Morris
960.	*Achetez Dieu !*	Christopher Stork
961.	*Le maître des cerveaux*	Piet Legay
962.	*Rod, combattant du futur*	André Caroff

VIENT DE PARAÎTRE :

Richard-Bessière   *Les quatre vents de l'éternité*

A PARAÎTRE :

Suragne   *Virgules téléguidées*

*Achevé d'imprimer le 20 novembre 1979
sur les presses de l'Imprimerie Bussière
à Saint-Amand (Cher)*

— N° d'impression : 1788. —
Dépôt légal : 1ᵉʳ trimestre 1980.

Imprimé en France

PUBLICATION MENSUELLE